阅读之前 没有真相

午 夜 文 库

阿加莎·克里斯蒂
侦探小说

阿加莎·克里斯蒂
Agatha Christie (1890—1976)

无可争议的侦探小说女王,侦探文学史上最伟大的作家之一。

阿加莎·克里斯蒂原名为阿加莎·玛丽·克拉丽莎·米勒,一八九〇年九月十五日生于英国德文郡托基的阿什菲尔德宅邸。她几乎没有接受过正规的教育,但酷爱阅读,尤其痴迷于歇洛克·福尔摩斯的故事。

第一次世界大战期间,阿加莎·克里斯蒂成了一名志愿者。战争结束后,她创作了自己的第一部侦探小说《斯泰尔斯庄园奇案》。几经周折,作品于一九二〇年正式出版,由此开启了克里斯蒂辉煌的创作生涯。一九二六年,《罗杰疑案》由哈珀柯林斯出版公司出版。这部作品一举奠定了阿加莎·克里斯蒂在侦探文学领域不可撼动的地位。之后,她又陆续出版了《东方快车谋杀案》《ABC谋杀案》《尼罗河上的惨案》《无人生还》《阳光下的罪恶》等脍炙人口的作品。时至今日,这些作品依然是世界侦探文学宝库里最宝贵的财富。根据她的小说改编而成的舞台剧《捕鼠器》,已经成为世界上公演场次最多的剧目;而在影视改编方面,《东方快车谋杀案》为英格丽·褒曼斩获奥斯卡大奖，《尼罗河上的惨案》更是成为几代人心目中的经典。

阿加莎·克里斯蒂的创作生涯持续了五十余年，总共创作了八十余部侦探小说。她的作品畅销全世界一百多个国家和地区，累计销量已经突破二十亿册。她创造的小胡子侦探波洛和老处女侦探马普尔小姐为读者津津乐道。阿加莎·克里斯蒂是柯南·道尔之后最伟大的侦探小说作家，是侦探文学黄金时代的开创者和集大成者。一九七一年，英国女王授予克里斯蒂爵士称号，以表彰其不朽的贡献。

一九七六年一月十二日，阿加莎·克里斯蒂逝世于英国牛津郡沃灵福德家中，被安葬于牛津郡的圣玛丽教堂墓园，享年八十五岁。

阿加莎·克里斯蒂 侦探作品年表

波洛系列

1920 The Mysterious Affair at Styles《斯泰尔斯庄园奇案》
1923 Murder on the Links《高尔夫球场命案》
1924 Poirot Investigates《首相绑架案》
1926 The Murder of Roger Ackroyd《罗杰疑案》
1927 The Big Four《四魔头》
1928 The Mystery of the Blue Train《蓝色列车之谜》
1932 Peril at End House《悬崖山庄奇案》
1933 Lord Edgware Dies《人性记录》
1934 Murder on the Orient Express《东方快车谋杀案》
1935 Three-Act Tragedy《三幕悲剧》
1935 Death in the Clouds《云中命案》
1936 The ABC Murders《ABC谋杀案》
1936 Murder in Mesopotamia《古墓之谜》
1936 Cards on the Table《底牌》
1937 Dumb Witness《沉默的证人》
1937 Death on the Nile《尼罗河上的惨案》
1937 Murder in the Mews《幽巷谋杀案》
1938 Appointment with Death《死亡约会》
1938 Hercule Poirot's Christmas《波洛圣诞探案记》
1940 Sad Cypress《H庄园的午餐》
1940 One, Two, Buckle My Shoe《牙医谋杀案》
1941 Evil Under the Sun《阳光下的罪恶》
1943 Five Little Pigs《五只小猪》
1946 The Hollow《空幻之屋》
1947 The Labours of Hercules《赫尔克里·波洛的丰功伟绩》
1948 Taken at the Flood《顺水推舟》
1952 Mrs. McGinty's Dead《清洁女工之死》
1953 After the Funeral《葬礼之后》
1955 Hickory Dickory Dock《山核桃大街谋杀案》
1956 Dead Man's Folly《弄假成真》
1959 Cat Among the Pigeons《鸽群中的猫》
1960 The Adventure of the Christmas Pudding《雪地上的女尸》

阿加莎·克里斯蒂 侦探作品年表

1963 The Clocks《怪钟疑案》
1966 Third Girl《第三个女郎》
1969 Hallowe'en Party《万圣节前夜的谋杀》
1972 Elephants Can Remember《大象的证词》
1974 Poirot's Early Stories《蒙面女人》
1975 Curtain—Poirot's Last Case《帷幕》

马普尔小姐系列

1930 The Murder at the Vicarage《寓所谜案》
1932 The Thirteen Problems《死亡草》
1942 The Body in the Library《藏书室女尸之谜》
1943 The Moving Finger《魔手》
1950 A Murder Is Announced《谋杀启事》
1952 They Do It with Mirrors《借镜杀人》
1953 A Pocket Full of Rye《黑麦奇案》
1957 4.50 from Paddington《命案目睹记》
1962 The Mirror Crack'd from Side to side《破镜谋杀案》
1964 A Caribbean Mystery《加勒比海之谜》
1965 At Bertram's Hotel《伯特伦旅馆》
1971 Nemesis《复仇女神》
1976 Sleeping Murder《沉睡谋杀案》
1979 Miss Marple's Final Cases《马普尔小姐最后的案件》

其他系列及非系列

1922 The Secret Adversary《暗藏杀机》
1924 The Man in the Brown Suit《褐衣男子》
1925 The Secret of Chimneys《烟囱别墅之谜》
1929 Partners in Crime《犯罪团伙》
1929 The Seven Dials Mystery《七面钟之谜》
1930 The Mysterious Mr. Quin《神秘的奎因先生》
1931 The Sittaford Mystery《斯塔福特疑案》
1933 The Witness for the Prosecution and Other Stories《控方证人》
1934 Why Didn't They Ask Evans?《悬崖上的谋杀》

阿加莎·克里斯蒂 侦探作品年表

1934　The Listerdale Mystery《金色的机遇》
1934　Parker Pyne Investigates《惊险的浪漫》
1939　Murder Is Easy《逆我者亡》
1939　And Then There Were None《无人生还》
1941　N or M?《桑苏西来客》
1944　Towards Zero《零点》
1945　Sparkling Cyanide《闪光的氰化物》
1945　Death Comes as the End《死亡终局》
1949　Crooked House《怪屋》
1950　Three Blind Mice and Other Stories《三只瞎老鼠》
1951　They Came to Baghdad《他们来到巴格达》
1954　Destination Unknown《地狱之旅》
1958　Ordeal by Innocence《奉命谋杀》
1961　The Pale Horse《灰马酒店》
1967　Endless Night《长夜》
1968　By the Pricking of My Thumbs《煦阳岭的疑云》
1970　Passenger to Frankfurt《天涯过客》
1973　Postern of Fate《命运之门》
1991　Problem at Pollensa Bay《神秘的第三者》
1997　While the Light Lasts《灯火阑珊》

出版前言

纵观世界侦探文学一百七十余年的历史，如果说有谁已经超脱了这一类型文学的类型化束缚，恐怕我们只能想起两个名字——一个是虚构的人物歇洛克·福尔摩斯，而另一个便是真实的作家阿加莎·克里斯蒂。

阿加莎·克里斯蒂以她个人独特的魅力创造着侦探文学史上无数的传奇：她的创作生涯长达五十余年，一生撰写了八十余部侦探小说，她开创了侦探小说史上最著名的"黄金时代"；她让阅读从贵族走入家庭，渗透到每个人的生活中；她的作品被翻译成一百多种文字，畅销全球一百五十余个国家，作品销量与《圣经》《莎士比亚戏剧集》同列世界畅销书前三名；她的《罗杰疑案》《无人生还》《东方快车谋杀案》《尼罗河上的惨案》都是侦探小说史上的经典；她是侦探小说女王，因在侦探小说领域的独特贡献而被册封为爵士；她是侦探小说的符号和象征。她本身就是传奇。沏一杯红茶，配一张躺椅，在暖暖的阳光下读阿加莎的小说是一种生活方式，是惬意的享受，也是一种态度。

午夜文库成立之初就试图引进阿加莎的作品，但几次都与版权擦肩而过。随着午夜文库的专业化和影响力日益增强，阿加莎·克里斯蒂的版权继承人和哈珀柯林斯出版公司主动要求将版权独家授予新星出版社，并将阿加莎系列侦探小说并入午夜文库。这是对我们长期以来执着于侦探小说出版的褒奖，是对我们的信任与鼓励，更是一种压力和责任。

新版阿加莎·克里斯蒂作品由专业的侦探小说翻译家以最权威的英文版本为底本，全新翻译，并加入双语作品年表和阿加莎·克里斯蒂家族独家授权的照片、手稿等资料，力求全景展现"侦探女王"的风采与魅力。使读者不仅欣赏到作家的巧妙构思、离奇桥段和睿智语言，而且能体味到浓郁的英伦风情。

阿加莎作品的出版是一项系统工程，规模庞大，我们将努力使之臻于完美。或存在疏漏之处，欢迎方家指正。

新星出版社

午夜文库编辑部

Agatha Christie

Over the next few years, we plan to celebrate two very important Agatha Christie anniversaries. In 2015, it is the 125th anniversary of her birth in Torquay, South Devon, England, and in 2020 it will be 100 years after her first book, THE MYSTERIOUS AFFAIR AT STYLES, featuring her famous detective, Hercule Poirot, was published. This is therefore a very appropriate moment to publish a new edition of her works, and I am delighted that HarperCollins has chosen to work with New Star on these new editions. New Star is China's top crime publisher, and has a strong and dedicated editorial staff and a continued passion for Agatha Christie, making them the ideal partner. It is the right time to make these classic books available in modern translations and so to bring Agatha Christie's books anew to her many fans in China, giving them a new reason to re-read these much-loved stories, as well as introducing them to a whole new audience. How delighted Agatha Christie would have been that her stories (as she called them) are still giving so much pleasure to so many people all over the world!

I think there are two very remarkable things about Agatha Christie's stories. The first is that they are so adaptable. It doesn't really matter which language they appear in, the stories and the plots still give the same thrill, still provide the same puzzles, and the characters still have the same attraction. Readers in China will I am sure enjoy Hercule Poirot and Miss Marple just as much as we do in England, and readers in China will still be transfixed by the surprises and horrors of AND THEN THERE WERE NONE, one of the great classics of 20th century detective fiction, as we are here.

Agatha Christie

The second is that the stories give a wonderful picture of England, particularly rural England, at the time Agatha Christie lived. She wrote books from 1920 until 1970 but it is sometimes hard to tell which part of her life each book was written in. Her characters and the life they lived were very much the same. The life we all live is changing very quickly these days but "the Agatha Christie world" stays the same. Perhaps the Miss Marple stories provide the best example of this, and in some ways THE BODY IN THE LIBRARY and NEMESIS are quite similar, despite the fact that thirty years elapsed between the time they were written.

Perhaps I might end by mentioning three Agatha Christies (other than the ones mentioned above) which I think demonstrate why she is so popular, even in the twenty-first century. The first is MURDER ON THE ORIENT EXPRESS, one of the most famous with one of the most ingenious and human plots. Read this on one of your long train journeys in China! Next is A MURDER IS ANNOUNCED, a Miss Marple which was her 50th book. It has my favourite murderer in it! And last is ENDLESS NIGHT — a story about evil and how it affects three young people, written at the time when I knew her best, and understood how deeply she cared and sympathised with young people and the world they lived in.

Whichever are your favourites I hope you enjoy these stories that New Star are introducing to you again. I think it is a great publishing event.

Mathew
Grandson of Agatha Christie
Chairman of Agatha Christie Ltd

致中国读者

(午夜文库版阿加莎·克里斯蒂作品集序)

在未来的几年中,我们将要筹备两个非常重要的关于阿加莎·克里斯蒂的纪念日。二〇一五年是她的一百二十五岁生日——她于一八九〇年出生于英国的托基市;二〇二〇年则是她的处女作《斯泰尔斯庄园奇案》问世一百周年的日子,她笔下最著名的侦探赫尔克里·波洛就是在这本书中首次登场。因此,新星出版社为中国读者们推出全新版本的克里斯蒂作品正是恰逢其时,而且我很高兴哈珀柯林斯选择了新星来出版这一全新版本。新星出版社是中国最好的侦探小说出版机构,拥有强大而且专业的编辑团队,并且对阿加莎·克里斯蒂的作品极有热情,这使得他们成为我们最理想的合作伙伴。如今正是一个良机,可以将这些经典作品重新翻译为更现代、更权威的版本,带给她的中国书迷,让大家有理由重温这些备受喜爱的故事,同时也可以将它们介绍给新的读者。如果阿加莎·克里斯蒂知道她的小故事们(她这样称呼自己的这些作品)仍然能给世界上这么多人带来如此巨大的阅读享受,该有多么高兴啊!

我认为阿加莎·克里斯蒂的作品有两个非常重要的特征。首先它们是非常易于理解的。无论以哪种语言呈现,故事和情节都同样惊险刺激,呈现给读者的谜团都同样精彩,而书中人物的魅力也丝毫不受影响。我完全可以肯定,中国的读者能够像我们英国人一样充分享受赫尔克里·波洛和马普尔小姐带来的乐趣;中国读者也会和我们一样，读到二十世纪最伟大的侦探经典作品——比如《无人生还》——的时候，被震惊和恐惧牢牢钉在原地。

第二个特征是这些故事给我们展开了一幅英格兰的精彩画卷，特别是阿加莎·克里斯蒂那个年代的英国乡村。她的作品写于二十世纪二十年代至七十年代间，不过有时候很难说清楚每一本书是在她人生中的哪一段日子里写下的。她笔下的人物，以及他们的生活，多多少少都有些相似。如今，我们的生活瞬息万变，但"阿加莎·克里斯蒂的世界"依旧永恒。也许马普尔小姐的故事提供了最好的范例：《藏书室女尸之谜》与《复仇女神》看起来颇为相似，但实际上它们的创作年代竟然相差了三十年。

最后，我想提三本书，在我心目中（除了上面提过的几本之外）这几本最能说明克里斯蒂为什么能够一直受到大家的喜爱。首先是《东方快车谋杀案》，最著名，也是最机智巧妙、最有人性的一本。当你在中国乘火车长途旅行时，不妨拿出来读读吧！第二本是《谋杀启事》，一个马普尔小姐系列的故事，也是克里斯蒂的第五十本著作。这本书里的诡计是我个人最喜欢的。最后是《长夜》，一个关于邪恶如何影响三个年轻人生活的故事。这本书的写作时间正是我最了解她的时候。我能体会到她对年轻人以及他们生活的世界关心至深。

现在新星出版社重新将这些故事奉献给了读者。无论你最爱的是哪一本，我都希望你能感受到这份快乐。我相信这是出版界的一件盛事。

阿加莎·克里斯蒂外孙

阿加莎·克里斯蒂有限责任公司董事长

马修·普理查德

二〇一三年二月二十日

阿加莎·克里斯蒂侦探作品集㊴

灯火阑珊
While the Light Lasts

[英]阿加莎·克里斯蒂 著
王霖 译

新 星 出 版 社　NEW STAR PRESS

英文版序言

　　阿加莎·克里斯蒂，最负盛名的世界侦探小说女王，至今仍是经典侦探小说领域内最伟大和知名的作家。她最为著名、也很可能是最为人所熟知的作品是一九二六年出版的《罗杰疑案》。凭借这部作品，她享誉文坛，奠定了其一流侦探作家的地位。解决这一案件的赫尔克里·波洛，曾经在比利时警界工作，在阿加莎三十三部小说中登场过。包括一九三〇年出版的《东方快车谋杀案》、一九三六年出版的《ABC谋杀案》、一九四二年出版的《五只小猪》、一九五三年出版的《葬礼之后》、一九六九年出版的《万圣节前夜的谋杀案》，以及一九七五年出版的《帷幕》。阿加莎在她创作的所有侦探中个人最喜欢的是简·马普尔小姐，一位老女人，先后在她的十二部小说中亮相。包括一九三〇年出版的《寓所谜案》、一九四二年出版的《藏书室女尸之谜》、一九五三年出版的《黑麦奇案》、一九六四年出版的《加勒比海之谜》和一九七一年出版的续集《复仇女神》。马普尔小姐最后一次登场是在一九七六年出版的《神秘的别墅》中，这部作品和《帷幕》一样，是在差不多三十年前德军轰炸英国期间完成的。克里斯蒂还有二十一部非名侦探系列的作品，包括一九三九年出版的《无人生还》——原名是《十个小黑人》，作品里一名侦探也没有出现；一九四九年出版的《怪屋》、一九五九年出版的《奉命谋杀》，以及一九六七年出版的《长夜》。

在长达半个多世纪里，阿加莎·克里斯蒂创作了六十六本小说、一本自传、六本以玛丽·韦斯特马考特为笔名的情感小说、一本叙利亚探险回忆录、两本诗集、一本诗歌和儿童故事集、十几部剧本与侦探广播剧，和约一百五十部短篇小说。这本新书收录九个短篇作品，除了两篇以外，其他七篇在初版之后从未再版过（有些距今已有六十至七十年历史）。波洛在其中两篇登场，分别是《巴格达箱子之谜》和《雪地上的女尸》。这两篇也是阿加莎·克里斯蒂一九六〇年出版的《雪地上的女尸》中两个中篇故事的原型。其他七篇中，《绝路》是紧张的心理小说，《女演员》故事情节具有很强的迷惑性。《围墙之内》和《孤独的神祇》是神秘的情感故事，属于克里斯蒂早期作品。《白屋梦魇》和《灯火阑珊》的故事情节具有超自然因素。还有一篇《马恩岛的黄金》，在当时它的故事情节和形式都是独特的，后来才被世人所喜爱。

九篇作品，展现了阿加莎·克里斯蒂别具一格的魅力。对于阿加莎·克里斯蒂粉丝的你来说，是场不容错过的盛宴！

托尼·达沃
伦敦
一九九六年十二月

感谢《阿加莎·克里斯蒂：收藏指南》的作者约翰·柯伦、贾里德·凯德、卡尔·派克，以及《侦探犯罪故事》的编辑布拉德利·杰夫。

目 录

1	白屋梦魇
25	女演员
41	绝路
69	圣诞历险记
93	孤独的神祇
115	马恩岛的黄金
155	围墙之内
185	巴格达箱子之谜
207	灯火阑珊

白屋梦魇

1

这是约翰·塞格瑞夫的故事——关于他郁郁不得志的一生、不甚如意的爱情、他的梦想与死亡。如果从后两者里他得到了前两者所缺少的部分,那么他的一生也许就功德圆满了。谁知道呢?

约翰·塞格瑞夫出生于一个从上世纪开始家道逐渐中落的家族。他家从伊丽莎白时代就是地主,但如今最后一部分家产也变卖了。他们家族认为至少应该有个小孩为了谋生而拥有一技之长,但是约翰雀屏中选则是命运无意的捉弄。

约翰有着奇特敏感的双唇和暗蓝色的细长眼睛,让人想起精灵,或是神话中那些栖息在森林里狂野的牧神,然而他成为财政祭坛的牺牲品却是非常不适宜的。他从此告别了他所喜爱的泥土的芳香,唇边海盐的气息,以及头顶上自由的苍穹。

十八岁那年,他在一家大贸易公司当初级办事员。七年后,他还是一个办事员,职位不是那么"初级"了,但情况一成未变。约翰不具备崭露头角的能力,他每天准时上班,工作勤恳敬业,但依旧还是一个办事员而已。

然而他很有可能成为——什么呢?他自己也难以回答,但他坚信在这个世界上,总有一个地方是能够让他一展所长的。他有能力，有敏捷的想象力，这是他勤勉工作的同事们无法瞥见的。约翰很受同事们欢迎，因为他总是一副无忧无虑的样子，却没人注意到他正是借此避免与人产生真正亲密的友谊。

这个梦突如其来，并不是由童年时期逐渐形成的幻想。它在一个仲夏夜，或者应该说是清晨时分到来。约翰激动地醒了过来，竭尽全力想要留住这难以捉摸、如同其他美梦一样、试图悄悄从眼前一去不返的幻境。

他拼命抓住它，不许它走——绝对不可以——他必须记住这幢房子。没错，就是这幢房子！他熟识这幢房子。这是现实中的房子，还是只在梦境中出现的房子？他不记得了——但是他确定，他非常熟悉这幢房子。

熹微的晨光悄无声息地溜进屋内，一切都静静的。清晨四点三十分的伦敦，疲惫的伦敦，得到了片刻难得的安宁。

约翰·塞格瑞夫安静地躺着，美梦满盈，欣喜异常。能牢牢记住如此美梦真是太了不起了！不论用笨拙的指尖如何挽留，美梦总是在人半梦半醒之间飞快流逝。还好他动作快，在梦飞掠过脑海之时抓住了它。

这真是一个不可思议的梦！那是幢房子，而且——他猛然惊觉，除了房子，其他的一切他都想不起来了。忽然，他带着些许沮丧地想到，那是幢陌生的房子，他过去从来也没梦见过。

这是一幢建在高地上的白色房子，周围绿树成荫，远处群山环绕。但是它最迷人的地方并不是它四周的环境（这是整个梦的高潮与重点），因为房子本身是真的美，美得出奇。当他再次回想起房子的美丽，心跳都不由得加速了。

当然，这是从房子外观上来说的，因为他还没有进去过。他非常确信——这一点不容置疑。

然后，当起居室暗淡的轮廓在逐渐明亮的光线中清晰起来，他醒了。也许，他的梦根本不美妙——也许，这美妙的梦境擦身而过，正是嘲笑他的无能？建在高地上的白色房子——这没什么让人兴奋的，是不是？他回想起来，那房子真是相当大，有不少窗户，但所有窗帘都拉上了。并不是因为房内无人（他很确信），而是因为时间太早，还没人起床。

然后他嘲笑起自己荒唐的想象力，接着想起今晚要和维特曼先生共进晚餐的事情。

2

梅吉·维特曼是鲁道夫·维特曼的独生女,一直是要什么有什么。一天当她到父亲办公室拜访时,约翰·塞格瑞夫引起了她的注意。他正好送她父亲所需要的信件进来。他离开后,梅吉向父亲询问起他来,维特曼先生非常乐意提供有关信息。

"他是爱德华·塞格瑞夫爵士的子嗣。显赫的家世,但是已经没落了。这小子没什么大出息。我还是很喜欢他的,但是他平凡无奇,并不出类拔萃,成不了大器。"

梅吉觉得成不了大器没有关系。她父母很在乎这些,她却不是。最后,两个星期后,她说服父亲邀请约翰·塞格瑞夫共进家宴。这顿家宴极为私密,出席的只有她和她父亲,约翰·塞格瑞夫,以及一个和梅吉同住的好朋友。

女友自然而然地取笑了她几句:"只等你自己点头同意了,对吧,梅吉?你爸爸会把一切安排得妥妥当当的,把他放进包裹里,货账两清,从城里带回来,作为礼物送给他亲爱的小公主的!"

"艾丽格!你太过分了。"

艾丽格·卡尔笑了起来。

"梅吉,你知道的,你总是万事非称心如意不可。我喜欢那顶帽子——我必须拥有那顶帽子！帽子是这样，丈夫不也是如此？"

"别瞎说了，我还没跟他说过话呢。"

"是没有，但你已经下定决心了呀。"那个女孩说道，"他哪里吸引你了，梅吉？"

"我不知道。"梅吉·维特曼迟疑地说，"他——与众不同。"

"与众不同？"

"是的，我说不清楚。你知道的，他很帅，不同寻常的感觉。但也不是因为这样。他有点儿目中无人。说真的，我确信那天在爸爸的办公室里他看都没看我一眼。"

艾丽格大笑起来。

"老伎俩了。依我看这小子挺狡猾的嘛。"

"艾丽格，你真讨厌！"

"打起精神来，亲爱的。爸爸会买下小羊羔给小梅吉的。"

"我可不想那样。"

"你要的是真爱，是吗？"

"为什么他不会爱上我？"

"没理由不会，我想他会爱上你的。"

艾丽格边笑边打量着她的好朋友。梅吉·维特曼个子矮小——有发胖趋势——深色短发梳理成精巧的鬈发。当下最流行的脂粉与口红衬托出她天生的好皮肤。她的嘴唇与牙齿也很漂亮。深色眼睛小而有神，脸颊和下巴有点儿圆润，衣着打扮得体美丽。

"是的。"艾丽格打量完后说道，"我不怀疑他会爱上你，你看起来真的非常棒，梅吉。"

她的密友怀疑地看着她。

"我说的是真的。"艾丽格说,"真的,我发誓。但是,我是说如果,如果他没有爱上你的话,如果他对你的感情是友情而不是爱情,那怎么办?"

"也许我了解他之后也不会喜欢上他了。"

"很有可能。不过也有可能你非常喜欢他,到时候——"

梅吉耸耸肩膀后说道:"我想我总有足够的傲气来——"

艾丽格打断了她。

"傲气与矜持用来掩饰感情还管用——但是压抑感情就行不通了。"

"好吧。"梅吉红着脸说,"我想我就直说了。我的条件很好,我的意思是——在他看来,我是老板的女儿,这意味着一切。"

"将来有可能成为合伙人,诸如此类。"艾丽格说,"是的,梅吉,你是你爸的女儿没错。我实在太高兴了,我希望我的朋友们都这样,直爽率真,是什么就是什么。"

她略带嘲讽的语气让梅吉不太自在。

"你真可恶,艾丽格。"

"但是很刺激啊,亲爱的。这也是你让我来这里的原因。你知道我是学历史的,让我感到好奇的是为什么在宫廷里大家允许并且鼓励小丑的存在。现在我也成了宫廷小丑,我就搞懂了。你看,这个角色蛮不错的。我必须做点儿事情。可是我呀,就像小说里的女主角,高傲自尊但是身无分文,家世好但是学历差。'怎么办?小姐,天晓得。'像穷亲戚家的姑娘,自愿住在不生火的屋子里,干些杂活,'帮忙照顾亲爱的远房表姐',我是受不了的。没有人真正需要这样的人——除了那些请不起用人的人家,而且他们待她像苦囚犯。

"所以我变成了宫廷小丑。傲慢无礼,直言不讳,不时要急中生智一下（不能表现过头，恰如其分就可以），骨子里却要对人性观察入微。人们很喜欢听到别人谈论自己有多讨厌，否则他们为何听人去说教呢？我很适合这样的角色，邀请我的朋友很多，我很容易靠朋友过日子，但是我还需要小心不表露出感激之情。"

"没有人会像你一样，艾丽格，你完全不在意自己说过的话。"

"那你就错了，我非常在意——我说过的话都是经过深思熟虑的，听起来是直言不讳，但都是字斟句酌的。我会特别留心的，这是我一辈子的工作。"

"为什么不结婚呢？我知道有很多人想跟你求婚。"

艾丽格脸色一变。

"我不能结婚。"

"因为——"梅吉没把话说完，看着她密友。密友略微点点头。

有脚步声从楼梯上传来，管家打开门，通报说："赛格瑞夫先生。"

约翰兴致寥寥地走进来。他想象不出为什么老头子会邀请他，如果能推托，他肯定不会来。这房子装饰得富丽堂皇，地毯柔软，但令他心情沮丧。

一位姑娘走上前来和约翰握手，他隐约记得那天在她父亲的办公室里曾经见过她。

"你好，赛格瑞夫先生。赛格瑞夫先生——这是卡尔小姐。"

然后他眼前一亮。她是谁？她来自何方？她身边飘动着火红色的衣料，希腊式小巧的头顶上装饰着小翅膀。她如梦似幻地出现在眼前，在这阴暗的背景前仿如昙花一现般转瞬即逝。

鲁道夫·维特曼走进来，穿着宽大亮丽的衬衫，前襟簌簌作响。他们正式下楼用餐。

艾丽格·卡尔一直和主人说着话，约翰·赛格瑞夫只好和梅吉交谈。可是他所有的心思都在另一个女孩身上。他觉得她的发言都是深思熟虑、刻意为之的，她生性并非如此。她内心一定还有其他东西存在，就像闪烁摇曳的火光，忽隐忽现，如同古代将人类引入沼泽地的萤火。

他终于等到机会和她说话。梅吉正把当天碰见的朋友的口信告诉父亲。现在机会来了，他却说不出话来。他默默看着她，希望她能先开口。

"晚餐的话题。"她轻松地说，"让我们先讨论戏剧，还是用数不清的'你喜不喜欢——'开场呢？"

约翰笑了起来。

"如果我们发现我们都喜欢狗，不喜欢沙色的猫，那么我们之间是不是就有了所谓的'纽带'？"

"的确如此。"艾丽格严肃地说。

"我觉得用一问一答的方式开始说话是个遗憾。"

"但这样一来大家都有的说啊。"

"没错，但是结果就糟糕了。"

"知道规则总是好的——哪怕只是为了违反它。"

约翰笑着看着她。

"那么我的理解是，你我应该尽情沉溺于我们的奇思妙想中，哪怕我们表现得像疯子？"

女孩的手一不小心扫落了桌上的酒杯，酒杯的破碎声叮当作响。梅吉和父亲停止了对话。

"对不起，维特曼先生，我把酒杯摔碎了。"

"亲爱的艾丽格，这没有关系，没有关系。"

约翰·赛格瑞夫赶紧小声说道："酒杯摔碎，这可不是个好兆头。我希望——它没有发生过。"

"别担心,那句话怎么说的?'厄运自存,非汝所能招之。'"说完,艾丽格又转过头朝维特曼先生说话。约翰重新和梅吉交谈,努力想着这句话的出处。最后他终于想起来了,那是瓦格纳的歌剧《尼伯龙根的指环》中的《女武神》,齐格琳德在齐格蒙德准备离家时说的话。

他想:"她的意思是?"

但是梅吉已经在问他对日前的讽刺戏有什么看法,很快他只好承认他对音乐感兴趣。

"晚餐后,"梅吉说,"我们让艾丽格弹奏给我们听。"

他们去了楼上的客厅。维特曼先生认为这是个野蛮的习俗,他更喜欢喝酒、递烟的严肃气氛。不过今晚也就算了,他不知道该跟年轻的赛格瑞夫说些什么。梅吉就是有些古怪想法。这小伙子看上去长得不怎么英俊——不是那种出众的英俊——同时他也不风趣。他很开心梅吉要艾丽格·卡尔来弹琴,这样夜晚的时间能过得快些。这个年轻的傻小子甚至都不会玩桥牌。

艾丽格弹得很棒,尽管并不是专业水准。她弹奏的是现代音乐,德彪西、施特劳斯,以及一些斯克里亚宾的曲子。然后她弹奏了贝多芬《悲怆》的第一乐章,这首曲子很哀怨,诉说着亘古以来永无止境的悲伤,但音符之间始终展现着不向命运屈服的精神。乐声庄重悲怆,伴随着征服者的起落直至毁灭。

弹到快结束时,她犹豫了一下,因此手指弹错了琴键,乐声戛然而止。她看着梅吉,自嘲着说道:"你看,它们不让我弹奏下去了呢。"

接着,还没等到别人对她的自嘲有任何反应,她又弹奏起一段古怪而难忘的乐曲。曲调奇特,节奏微妙,和赛格瑞夫过去听过的乐曲大相径庭。它就像鸟儿飞动、盘旋、翱翔——突然，没有任何征兆地，又变成了一长串刺耳杂音。然后艾丽格笑着从钢琴边站了起来。

尽管在笑，但是她看上去恐惧而不安。她坐在梅吉身边，约翰听见后者用低沉的声音对她说："你不应该这样，你真的不应该这样。"

"最后是怎么回事？"约翰急切地说。

"是我自己的事情。"

她简洁尖锐地说着。维特曼先生换了话题。

那晚，约翰·赛格瑞夫又做了关于那幢房子的梦。

3

约翰很不开心。他对人生从来没有这样厌烦过。目前为止他都耐心地接受着这一切——当成是不愉快的必需,他的内心深处从来不受影响。但是现在一切都变了,外部世界和内心世界重叠了。

他不想欺骗自己,掩饰这变化的原因。他对艾丽格·卡尔一见钟情了。现在他该怎么办?

那天晚上他太慌乱了,没有做任何打算。他甚至没有试着再去见见艾丽格。晚些时候,当梅吉·维特曼邀请他周末去她父亲乡下住处度假时,他急切地答应了。然而令他失望的是,艾丽格不在那里。

他不经意间向梅吉提过一次艾丽格。梅吉告诉他艾丽格去苏格兰看望朋友了,于是他就此打住。他很想继续谈谈艾丽格,但是话到嘴边竟说不出口。

那个周末梅吉觉得他很古怪。他好像没发觉——呃,这是显而易见的事情。她是个很直接坦率的女人,但是这些似乎对约翰起不到作用。他认为她很友善,但有些霸道。

然而命运强过梅吉。约翰注定又会和艾丽格重逢。

他们于一个星期天的下午在公园里碰面。他从很远就认出了她，心脏怦怦乱跳，感觉都快跳出身体了。假设她已经忘记了他——

不过她没有忘记他。她停下来和他说话，不一会儿他们就并肩走过草坪，他觉得乐不可支。

他出其不意地说："你相信梦吗？"

"我相信噩梦。"

她严厉的语气让他吃惊。

"噩梦。"他傻傻地说，"我不是说噩梦。"

艾丽格看着他。

"不。"她说，"你生命中没有噩梦，我看得出来。"

她的声音变得温和——很不一样。

然后他吞吞吐吐地告诉她有关那幢白色房子的梦。他做了有六次——不，七次那个梦了。每次都一样，梦境好美——太美了！

他继续说着。

"你看，这和你有关——有某种关联。我第一次梦见是在遇见你的前一晚。"

"和我有关？"她笑了，笑得苦涩短促，"哦，这不可能，这房子太美了。"

"你也一样。"约翰·赛格瑞夫说道。

艾丽格有些恼怒地红了脸。

"对不起，我太傻了，好像是在求别人赞美我，是吧？可我不是这个意思。我清楚我的外表还是过得去的。"

"我还没有走进房子里面看过呢。"约翰·赛格瑞夫说道，"我相信里面一定和外面一样美丽。"

他说得缓慢而认真，但是她假装忽略话中的含义。

"我还想告诉你一些事情——如果你愿意听的话。"

"我愿意听。"艾丽格说道。

"我辞职了,现在看来很早以前就该这么做了。过去我一直随波逐流,得过且过,也知道自己很失败,但自己从来不在意这些。一个男人不应该这样。男人应该发愤图强,获取成功。我辞去这份工作,打算做些其他事情——完全与众不同的事情。比如说到西非探险——我不能告诉你具体细节。这些不该被大家知道。但是如果成功了,那么我就会成为富有的人。"

"所以,你也用金钱来衡量是否成功吗?"

"金钱,"约翰·赛格瑞夫说道,"对我来说只意味着一件事情,那就是你!等我回来的时候——"他停顿了下来。

她低下了头,脸色变得十分苍白。

"我不想假装不懂你的意思。所以我必须告诉你,我只说一次:我永远也不会结婚。"

他考虑了一会儿后,温柔地说道:"能告诉我为什么这样吗?"

"可以,但是这个世界上我最不想告诉的人就是你。"

他又沉默了。然后突然抬起头,牧神般的脸上绽开迷人的笑容。

"我明白了。"他说道,"所以你不让我走进房子里面——连偷看一眼都不可以吗?窗帘都关紧了。"

艾丽格倚身过来,把手放在他手上。

"我只能说这些。你梦见了你的房子,但是我——从来不做梦。我的梦都是噩梦。"

说完她急匆匆地离开了,让人很不安。

那天晚上,他又一次做梦了。最近他意识到,在梦中那幢房子几乎肯定有人居住。他曾经看到过有只手拉下窗帘,也瞥见有人影在屋内走动。

今晚这幢房子看上去比以前更清楚了。白墙在阳光里闪耀，一切显得安详美丽。

突然，他内心充满快乐的浪潮。有人来到了窗边。他知道，因为一只手——他曾经见过那只手——伸出来拉开了窗帘。马上他就会看到……

他醒了，恐惧让他浑身不停地颤抖。从那个屋子里望向他的东西，让他有种难以言喻的害怕和厌恶。

那东西恐怖至极，卑鄙龌龊，让他想起来就要呕吐。最恐怖最可怕的事情是那东西就出现在那幢房子里——那幢美丽的房子里。

那东西的存在让人毛骨悚然，破坏了房子与生俱来的安详宁静。由于那圣洁的墙壁后面有着这样污秽龌龊的阴影存在，房子的美丽，那无与伦比的美丽，从此就被毁坏了。

赛格瑞夫知道，如果他再做关于白色房子的梦，他一定会惊醒，以免那个东西突然从白色美丽的屋内看着自己。

第二天傍晚，他离开办公室后直接去了维特曼先生家。他必须见见艾丽格·卡尔。梅吉会告诉他哪里能找到她。

他一点儿也没注意到，当他进屋时，梅吉几乎是跳起来迎接他的，眼神里带着热切的光芒。他握着她的手，马上结结巴巴地说出了自己的请求。

"卡尔小姐，我昨天见过她了，但是我不知道她住在哪儿。"

他没察觉到梅吉冷冷地缩回了手，也没意识到她的声音突然冷淡了下来。

"艾丽格在这里，和我们住在一起，但我恐怕你不能见她。"

"可是——"

"你知道,她妈妈今早去世了。我们刚收到这个消息。"

"噢!"他大吃一惊。

"这太让人难过了。"梅吉说。她犹豫了一下,然后接着说道:"你知道,她死在——呃,精神病院。她们家族有精神病遗传史。她祖父开枪自尽,艾丽格的一位姨妈是白痴,还有一位投河自尽了。"

约翰·赛格瑞夫含糊地应了一声。

"我想我应该告诉你。"梅吉好意地说道,"我们是好朋友,对吧?艾丽格的确很吸引人。很多人都向她求婚,但事实上她是不会结婚的——她不能,对吧?"

"她蛮好的。"赛格瑞夫说道,"看上去都很正常。"

他感觉到自己的嗓音沙哑又不自然。

"谁知道呢,她妈妈年轻的时候看起来一切正常。而且她并不只是——不太对劲,你知道的。她完全疯了,疯狂得让人害怕。"

"是的。"他说道,"可怕至极。"

现在他知道白色房子窗帘后面望着他的东西是什么了。

梅吉继续说着。他唐突地打断了她。

"我实际上是来告别的,并且谢谢你一直以来的好意。"

"你是不是要离开了?"

她的声音里带着警觉。

他侧着脸对她一笑——斜斜的、凄惨的、迷人的笑。

"是的。"他说道,"去非洲。"

"非洲!"

梅吉喃喃地重复着这个词。没等她回过神,他已经和她握过手离开了。她站在原地,垂在身边的手紧握着,面颊两侧露出愤怒的红色。

在楼下门口台阶上,约翰·赛格瑞夫和从街上回来的艾丽格碰面了。她穿着黑色衣服,脸色惨白,毫无生气。她看了他一眼,将他拉进了一间小起居室。

"梅吉告诉你了。"她说道,"你都知道了?"

他点着头。

"那有什么关系?你一切都很正常。你会安然无恙的。"

她忧郁哀伤地看着他。

"你会安然无恙的。"他重复着。

"我不知道。"她用几乎听不出的声音说道,"我不知道,我告诉过你——关于我的梦。当我在弹琴的时候——那晚坐在钢琴前——那些东西紧攥着我的手。"

他直视着她,浑身无力。当她说话的时候,在一瞬之间,有东西从她眼里流露出来,不过转眼就消失了——但他知道那是什么,就是那个从房子窗帘后面望着他的东西。

她注意到他刹那间的退缩。

"你看,"她轻声说道,"你看,我希望梅吉没有告诉你。它夺走了你的一切。"

"一切?"

"是的。甚至连梦也没有了。现在,你不会再梦见那幢房子了。"

4

西非的烈日直射下，酷热难耐。

约翰·赛格瑞夫不断呻吟着。

"我找不到了，我找不到了。"

红头发、大下巴的矮个子英国医生用他特有的霸道姿态看着他的病人。

"他一直在说这些，是什么意思呢？"

"我想他说的是一幢房子，先生。"有着柔和嗓音的罗马天主教慈善会修女边看着病人，边心平气和地说着。

"一幢房子。呃，他不能老惦记着它，否则我们无法救他。他老想着这个。赛格瑞夫！赛格瑞夫！"

涣散的眼神重新聚拢，目光停留在医生的脸上，认出了他。

"听我说，你会好起来的，我会把你医治好的。但你不要再为那幢房子操心了。你知道，它是跑不掉的。现在不要再费心去寻找它了。"

"那好吧。"他看上去听从了医生的劝告，"如果那幢房子从来不存在的话，它不会跑掉的。"

"当然不会！"医生开朗地笑道，"现在你很快会好起来的。"他大摇大摆地离开了。

赛格瑞夫躺在床上思考着。高烧这时已经退了，因此他头脑很清醒，思路很清晰。他必须找到那幢房子。

这十年来他都很害怕找到这幢房子——他最害怕的就是在无意中碰到它。然而日子久了，当他不再为此感到害怕之时，那幢房子却自己找上门来。他清楚记得自己吓得魂飞魄散，然后是突然而至的极度放松。因为那幢房子已经空了。

房子空了，非常安详宁静，和他十年前见到的一模一样。他没有忘记。一辆搬家具的巨大黑色货车慢慢地驶离了房子。当然，最后一位房客和他的行李一起搬走了。他走上前和货车车主交谈了起来。那辆货车有股诡异的气氛，黑漆漆的。马也是黑色的，马鬃与马尾随风飘扬。那些搬家人员也是身穿黑衣，带着黑手套。这让他想起了一些事情，但一时之间记不起来了。

是的，他是对的。最后一位房客搬走了，因为他的租期到了。房子目前空着，直到房东从国外回来。

他醒了，内心充满对那幢屋子安详宁静之美的向往。

一个月后，他收到了梅吉的来信（她持之以恒地每月写一封信给他）。在信里，她告诉他艾丽格·卡尔和她母亲一样，在同一家精神病院去世了。多么让人哀伤！当然这也是一个仁慈的解脱。

这一切真的太不寻常了，恰好是在他做完那个梦之后。他完全不明白这其中的含义，但真的很诡异。

最糟糕的是，从那之后他再也找不到那幢房子了。不知怎的，他连去那幢房子的路也忘记了。

他又开始发烧了，在床上辗转反侧。当然，他忘记了，那幢房子建造在高地上！他必须往上爬才能到那里，但是爬上悬崖真的好热——酷热。向上，向上，再向上——哦！他滑了下来！

他又必须从底部重新往上爬。向上，向上，再向上——天又一天，一周又一周——他不确定过了多少岁月，他还是在向上爬。

曾经他听到医生的声音，但他不能停下来听他说话。再说医生会告诫他不要去寻找那幢房子。医生会认为那是幢普普通通的房子，他什么都不知道。

突然他想起自己必须保持冷静，非常非常冷静。除非保持冷静，否则你是找不到那幢房子的。匆匆忙忙、心情激动是毫无用处的。

如果他能保持冷静就好了！但是实在是太热了！热吗？不，是冷——是的，好冷。这里没有悬崖，只有冰山——参差不齐、凹凸不平的寒冷冰山。

他太累了，他不能再继续寻找了——毫无意义。啊，有一条小径，不管如何，总比冰山好。在这绿意盎然的小径漫步是多么惬意和阴凉啊。而这些树——长得真是好！它们长得很像——什么？他不记得了，不过都没关系。

哦！还有那些花，都是金色和蓝色的！它们是多么可爱——带着奇怪的熟悉感。当然他曾经来过这里。这里，穿过绿荫，就是那幢矗立在高地上的耀眼房子。多么美丽啊。绿荫小径、树木和花朵在这幢无可取代、极致美丽的房子面前显得微不足道了。

他加快了步伐。想想看，他还没进到房子里去过，笨到令人难以置信——因为房子的钥匙一直在他的口袋里！

当然，屋子外观之美无法与屋内相比。尤其是现在屋子的主人从国外回来了。他迈上了大门前的台阶。

残忍且强有力的手把他拉了回来！这股力量在来来回回地和他搏斗着。

医生正摇晃着他，在他耳边喊着："坚持住，小伙子，你能行的。别放弃,别放弃。"他像是遇到敌人似的目露凶光。赛格瑞夫在想这个敌人是谁。黑袍修女正在祷告。这一切都太不寻常了。

他只想一个人待着,回到房子里去。然而房子离他越来越远。

当然,这一切都是因为医生太厉害了。他斗不过医生,如果他能再强壮些就好了。

等一下!还有另外一个办法——就是在如梦初醒的时刻。没有任何力量能拦得住——梦境永远转瞬即逝。如果他也这样溜走,医生的手抓不住他的——就这样偷偷地溜走。

是的,就是这样!房子的白墙又一次清晰可见。医生的声音降低了,他双手的力道也变弱了。他现在明白梦境就是这样转瞬即逝了。

他来到了房子门前,一切依旧静谧安详。他把钥匙插入锁孔,接着转动了它。

他等了一会儿,完全沉浸在这完美无缺、难以形容、不可言喻的欣喜之中。

然后——他越过了门槛。

后记

《白屋梦魇》最早发表在一九二六年一月的《君主杂志》上。这个故事是克里斯蒂创作于第一次世界大战前的《丽人之屋》的修订版。在她的自传中，她曾提到这是"我第一篇显露些许才华的作品"。最初版本的《白屋梦魇》晦涩难懂，极度渲染了病态氛围，文风类似于爱德华时代的鬼怪故事，尤其是 E.F. 本森[①]的作品。在发表之前，克里斯蒂做了大量修改，使故事情节条理清晰，减少了许多自省的段落。为了塑造故事中两位女性人物形象，她弱化了艾丽格来世的部分，强化了梅吉这个角色。类似的主题在另一部早期创作的作品《翅膀的呼唤》中也有提及，那个故事收录在一九三三年出版的小说集《死亡之犬》中。

一九三八年，克里斯蒂回忆起《丽人之屋》时谈道："创作这个故事时构思兴高采烈，下笔却极端乏味。"不过创作的种子已经播下。"我渐渐喜欢上创作这种消遣，如果哪天闲来无事，没任何事可以做的时候，我就会构思故事情节。通常它们有个悲剧结尾，有时还增加高尚的道德情操。"在早些年的时候，有一位住在达特穆尔的邻居，是阿加莎家的密友，他曾给过克里斯蒂重要鞭策。那人是著名小说家伊登·菲尔波茨。当时阿加莎还

[①] 爱德华·弗雷德里克·本森（Edward Frederic Benson, 1867—1940），英国小说家、传记作家、考古学家。

叫阿加莎·米勒。他给她的作品提出建议，并向她推荐了几位对其写作文风和用词均能激发灵感的作家的作品。多年以后，当她的声望已经远远超过了他时，克里斯蒂提到菲尔波茨的睿智与善意，以及如何为年轻作家树立必要的信心——"他的宽容谅解让人吃惊，他只是给予鼓励，避免批评。"一九六〇年菲尔波茨去世时，她写道："他对于一位初出茅庐的女作家的提携帮助，是我永远感激不尽的。"

女演员

1

剧院后区第四排座位上，一名衣衫褴褛的男子身子前倾，不可置信地看着舞台，狡诈的双眼眯了起来。

"南茜·泰勒！"他喃喃自语道，"上帝啊，是小南茜·泰勒！"

他的眼神落在手中的节目单上，其中一个姓名印得比其他姓名略大一些。

"奥尔加·斯多玛！这是她现在的名字。梦想成为明星，是吧，小姐？你一定赚了不少钱。我敢说你一定忘记你曾经叫过南茜·泰勒这个名字。我在想，当我杰克·莱维特揭露你真实身份的时候，你会怎么说。"

幕布降下，第一幕结束。观众们的热烈掌声响彻整个剧院。奥尔加·斯多玛，这位伟大的女演员，短短几年快速走红，家喻户晓。她以《复仇天使》中"柯拉"一角，奠定了她在观众心目中的地位。

杰克·莱维特并没有和观众一起鼓掌，脸上慢慢地显露出了笑容。天哪，多走运！就在他山穷水尽的时候，碰到这只肥羊。她一定会虚张声势，想方设法瞒过他，但他不会上当。只要好好计划，她就是一座金矿啊！

2

第二天早上，杰克·莱维特开始了挖掘"金矿"的第一步。奥尔加·斯多玛坐在垂挂着漆红色与黑色帘子的起居室里，反复地认真阅读着一封信。她表情丰富的漂亮脸蛋是苍白的，比平时多了几分僵硬。眉毛下灰绿色的眼眸直直地注视着前方，似乎思考着信件文字背后蕴藏着的威胁。

奥尔加用她情感充沛、清脆美妙的嗓音喊道："琼斯小姐！"

一位打扮整洁、戴着眼镜，拿着速记本和铅笔的年轻女人匆忙从隔壁房间过来。

"请给丹纳汉先生打电话，让他立刻过来。"

西德·丹纳汉是奥尔加·斯多玛的经纪人。当他走进屋里时，心里和往常一样充满不安。他的一生就是应付女艺术家们的古怪想法。连哄带骗，外加胁迫，有时还要三管齐下，这就是他日常的工作。当奥尔加气定神闲，一脸平静地将桌上的纸条递给他时，他松了口气。

"读读看。"

这封信字迹潦草，看上去是由一个文盲书写在廉价纸张上的。

亲爱的夫人：

我很欣赏您昨晚在《复仇天使》一剧中的精彩表演。我想我们有个住在芝加哥的共同朋友，名叫南茜·泰勒。有一篇关于她的文章即将刊登出来。如果您想谈谈这件事的话，等您方便的时候，我可以前来拜访您。

杰克·莱维特敬上

丹纳汉看着这封信，感到手足无措。

"我不太明白，南茜·泰勒是谁？"

"一个已经死去的女孩，丹纳汉。"她声音中带着痛苦与疲惫，揭示了她这三十四年来的辛酸生活，"直到这个吃人不吐骨头的家伙出现以后，她才活了过来。"

"哦，那么……"

"我，丹纳汉，就是我。"

"那这是敲诈？"

她点点头。"当然，他对这一套最在行。"

丹纳汉皱着眉头，思考起来。奥尔加的脸颊枕在纤细修长的手上，用深不可测的目光注视着丹纳汉。

"欺骗他一下怎么样？否认所有一切。他无法确定他是否认错了人，也许仅仅是长得相似而已。"

奥尔加摇摇头。

"莱维特靠勒索女人为生。他很肯定他没认错。"

"报警怎么样？"丹纳汉疑虑重重地建议道。

她的冷笑足以说明一切。丹纳汉没有察觉到她的自控下蕴含着不耐——愚钝的他所能想到的办法，心思聪颖的奥尔加早就想过了。

"你不会——呃——向理查德爵士说一下这事儿吧？他不大能接受的。"

几周之前，奥尔加和理查德·埃弗拉德爵士订婚的消息才刚刚宣布。

"在理查德向我求婚的时候，我就把一切都告诉他了。"

"我要说你太聪明了！"丹纳汉不无羡慕地说。

奥尔加淡淡一笑。

"并不聪明。亲爱的丹纳汉，你不会懂的。没用的，如果莱维特按照他威胁的内容做的话，我就完了。理查德的政治生涯也遭殃了。不，就我所见，只有两条路可以走。"

"哪两条？"

"给钱——那样会从此没完没了；或者就此消失，然后重新开始。"

她的声音里又一次露出疲倦感。

"其实我并没有做值得后悔的事情。当时我是个就快饿死的流浪儿，丹纳汉，还努力遵纪守法。我射杀了一个男人。这是一个理应被射死的人。任何一个陪审团都不会因此认为我有罪。现在我知道了，不过当时我只是个惊慌失措的孩子，于是——我跑了。"

丹纳汉点点头。

"我想，"他迟疑地说，"我们有没有莱维特的任何把柄？"

奥尔加摇摇头。

"不太可能。他是个胆小鬼，不敢做坏事。"她的话似乎为自己带来了启迪，"胆小鬼！我想我们可以好好利用这一点。"

"让理查德爵士和他见面并威胁他？"丹纳汉建议道。

"理查德太好说话了。像这样的流氓，不能同他说道理。"

"那让我去见见他。"

"请恕我直言,丹纳汉,我觉得你也不合适。我们需要一种介于谈判与武力之间的方法。让我们刚柔并济!找个女人对付他。是的,我希望女人可以胜任这件事情。一个有权谋、吃过苦、明白什么是穷苦生活的女人。比如,奥尔加·斯多玛。不要跟我说话,我马上就想到方法了。"

她身体前倾,将脸埋在手中,然后突然抬起头来。

"那位想当我替补演员的女孩叫什么名字?玛格丽特·瑞安对吗?这女孩头发和我的很像?"

"她头发是不错。"丹纳汉的目光停留在奥尔加金铜色的头发上,勉强承认道,"正如你所说,和你的头发很像。但她其他都不行,我打算下周就解雇她。"

"如果一切顺利,恐怕你得让她作为我的替补来扮演'柯拉'了。"她挥挥手制止了他的抗议,"丹纳汉,请诚实地回答我的问题。你认为我会演戏吗?我指真正的表演。或者我只是一个穿着华丽服装,徒具吸引力的花瓶而已?"

"演戏?天哪,奥尔加,时至今日,没人演戏会比你好了!"

"如果莱维特如我所料是个胆小鬼的话,这件事就没有问题了。不,我不会告诉你我的计划。我想让你帮我把那个叫瑞安的女孩找来,告诉她我对她感兴趣,并且明晚希望和她一起共进晚餐。她会赶来的。"

"我想她会的。"

"另外我想要一点儿强效迷药,那种能让人失去知觉一至两小时,但第二天没有副作用的迷药。"

丹纳汉笑了。

"我不敢保证我们的朋友不会头痛,但肯定不会受到长久伤害。"

"好！丹纳汉，快去办吧，其他事情就交给我了。"她提高嗓音，"琼斯小姐！"

那个戴眼镜的女人一如往常地出现了。

"帮忙记录一下。"

奥尔加边慢慢踱着步子，边口述着当天的回信。但有一封回信是她亲笔写的。

在昏暗的房间里，杰克·莱维特边笑边撕开了他期盼着的来信。

亲爱的先生：

    我不记得你提到的这位女士。但是我见过的人太多了，也许我的记忆混乱了。我一向乐于帮助同行们。如果你今晚九点造访的话，我会在家恭候你的到来。

你忠诚的
奥尔加·斯多玛

莱维特心满意足地点着头。信写得太精明了！她什么也没有承认，但她还是愿意和他见面。就快挖到金矿了。

3

九点整,莱维特站在奥尔加公寓门口按门铃,没人应门。当他想要再度按门铃时,发现门是虚掩着的。他推开门走进大厅,右手边有扇开着的门,通向一个灯火通明、以红黑双色为主的房间。莱维特走了进去。桌上的台灯下压着张纸条,只见上面写着:

请等我回来

——奥尔加·斯多玛

莱维特坐下来等候,不安的感觉逐渐浮上心头。公寓里如此安静,静得让人感觉有些阴森。

当然不会有什么问题,能有什么问题呢?但是这房间一片死寂,而且在如此安静的氛围下,他荒谬地认为房间里不只他一个人。太荒唐了!他拭去眉间的汗水。然而这样的感觉越发强烈。不只他一个人!他喃喃地骂了一声,跳起来开始四处踱步。那女人马上就会回来的,那时——

他停了下来,低沉地叫了一声。窗边的黑绒布帘下竟然露出了一只手!他弯下身,摸了摸。冷——冰冷——是只死人的手。

他大叫一声拉开窗帘。一个女人躺在地上,她面部朝下,一只手伸在外面,另一只手放在身子下方,金铜色的头发乱蓬蓬地散在颈项间。

奥尔加·斯多玛!他颤抖的手指抓着她冰冷的手腕,触摸脉搏,果然没有跳动的迹象。她死了,她用最简单的方法逃脱了他。

他突然注意到一条红绳,绳子两端精美的穗子半掩在她的发际。他小心地去摸那穗子,死者的头部因此垂了下来,他看到了一张紫色的可怕面孔。他尖叫着往后跳开,有点儿头昏脑涨。这里发生的事情让他感到困惑。刚才对死者的一瞥让他意识到这是谋杀,不是自杀。这个女人是被勒死的,她不是奥尔加·斯多玛。

啊!那是什么?背后有声音传来。他转过身,与充满惊恐神色、蜷缩在墙角的女佣撞个正着。她脸色惨白,和她身上戴的帽子与穿的围裙颜色差不多。他不明白她为何如此惊惧,直到她的话将他点醒,他才明白自己当下的处境。

"哦,天啊,你杀了她!"

即使是此刻,他也没弄清楚状况,回答道:"不,不是的。我发现她时,她已经死了。"

"我看到是你做的。你用那根绳子把她勒死了。我听到了她的叫声。"

他汗如雨下,迅速地回想着刚才几分钟发生的事情。女佣一定是在他摸那穗子时进来了。她看到死者头垂了下来,听到了他的叫声,却以为是死者发出的。他无可奈何地看着女佣,从她脸上看到了惊惧与愚笨。她会告诉警察她目睹的案发经过,不管警察如何询问,她都不会松口。她会起誓说她的话句句属实,而他的生命就将断送在她的嘴里了。

多么恐怖、不可预见的状况啊！等一等，真的是意外吗？没有什么阴谋吗？他仔细地看着她，突然说道："你知道那不是你的女主人。"

她的回答解释了眼前发生的一切。

"的确不是，那是我家女主人的演员朋友——如果你看到过她们大打出手，还认为她们是朋友的话。她们今晚就大吵了一架，舞刀弄枪的。"

这是陷阱！他明白了。

"你家女主人去哪里了？"

"她十分钟前出去了。"

陷阱！他自己就像小肥羊一样送上门来。好个奸诈狡猾的奥尔加·斯多玛。她自己金蝉脱壳，他却羊入虎口。谋杀！天哪，他们会把他绞死的。而他是无辜的，无辜的！

一阵轻轻的沙沙声唤醒了他。女仆正偷偷地朝门口走去。她已经回过神，两眼瞄着电话，又朝向门口。他必须封住他的口，这是唯一的办法了。反正杀不杀她都会被绞死。她没有武器，他也没有，但他有双手。他突然心跳加速，她身边的桌子上——几乎就在她的手底下——有一只镶有珠宝的小手枪。如果他能抢先拿到它的话——

不知是出于直觉还是慑服于他的眼神，女仆有了戒心。他刚准备跳出去时，她就拿起了枪，直指他的胸膛。虽然她拿枪的姿势很可笑，但是她的手指确实放在扳机上。他们距离那么近，很难射不中。他一动也不敢动，奥尔加·斯多玛这种女人的手枪都是上好膛的吧。

不过女仆并没有直接挡在他和门之间。只要他不出手袭击她,也许她就不敢开枪。不管怎样,他都必须冒险。他绕过去冲向门口,穿过大厅,奔出大门,用力将大门关上。他听到她微弱而颤抖的声音在门内喊叫着:"警察!救命啊,杀人啦!"她声音太小了,没人能听得到。总之,他占了上风。他冲下楼梯,跑过空荡荡的大街,然后像迷路的行人一样,放缓步子,走过街角。他已经做好计划,尽快逃到格雷夫森,今晚再从那边搭船逃往天涯海角。他认识船长,对方不会问东问西。一旦上船出海,他就安全了。

4

十一点整,丹纳汉的电话铃响了,是奥尔加·斯多玛打来的。

"给瑞安小姐准备一份合同,好吗?让她当'柯拉'的替补演员。请不要再跟我争论这件事了。今晚的事情发生后,我欠她一个人情。什么?是的,我想我的麻烦已经解决了。另外,如果她明天告诉你我这个热心的女巫让她今晚昏迷了一阵,那么你不要太当真。怎么做的?就是把迷药放在咖啡里,再加上一些科学方法!然后我在她脸上涂上紫色的油性颜料,并在左臂绑上止血带。不明白?到明天你就会明白了。我现在没时间跟你解释了,我得在我忠诚的女仆从电影院回来以前脱掉帽子和围裙。她告诉我今晚上映的是《美丽的戏剧》,但她错过了最精彩的一出戏。今晚我做了最棒的演出,丹纳汉,刚柔并济奏效了!杰克·莱维特果然是个胆小鬼,而且,哦,丹纳汉——我是个演员啊!"

后记

《女演员》最早发表在一九二三年五月的《小说杂志》上，当时的题目是《愚人陷阱》。在一九九〇年纪念克里斯蒂百年诞辰时发行的小册子中，沿用了这一标题。

这个故事展现了克里斯蒂出众的写作技巧。她善于构建特定情节，用同样的形式从不同角度来反复呈现，或者通过明显的微调来制造悬念欺骗读者。《女演员》中的诡计也出现在其他几篇故事里，最明显的是马普尔小姐系列故事《班格楼事件》，这篇收录在一九三二年出版的短篇集《死亡草》中。类似的还有一九四一年出版的波洛系列故事《阳光下的罪恶》。

这个故事提醒我们，克里斯蒂也是英国最成功的剧作家之一。虽然她的首部剧作——她称之为"一部极度阴郁的剧本，如果我没有记错的话，描写的是乱伦情节"——从来没有上演。她自己最喜欢的剧作是一九五三年上演的《原告证人》，但毫无疑问最著名的剧作则是一九五二年上演的《捕鼠器》，至今在伦敦上演近五十年了。《捕鼠器》的剧情以凶手对潜在受害者的欺骗为核心，这要求克里斯蒂对观众的视觉与听觉反应了如指掌，必须用非凡的技巧误导观众想象后面发生的事情。《捕鼠器》在伦敦上演之后，《泰晤士报》的评论家们如此评论道："这出戏完美地满足了剧场内观众们各种特殊的需求。"任何和这出戏有关的人员或是认真研读过这出戏的人都很清楚,这部剧作的成功确实有其奥妙之处。或者更准确地说,这出戏成功的地方在于很少有人能猜到它惊人的结局。

绝路

1

克莱尔·哈里威尔走出她的小屋，沿着小径来到大门口。她挽着一只篮子，篮子里放着一罐汤、一些自制的果冻，还有葡萄。德默崖小村子里并没有太多穷人，不过仅有的那些也都受到了殷勤的照顾。克莱尔就是教区最能干的义工之一。

克莱尔·哈里威尔三十二岁，身材高挑，肤色健康，拥有一双美丽的棕色眼睛。她不算漂亮，不过看上去有活力、讨人喜欢，也很有英国味儿。人人都喜欢她，人人都说她很善良。自从两年前她的母亲去世后，她就独自一人和她的小狗罗弗相伴，住在这个小屋里。她饲养家禽，喜欢动物，也喜欢健康的户外生活。

就在她拉开门闩的时候，一辆两座的小汽车疾驰而过，开车的女孩戴着红色帽子，向她挥手致意。克莱尔也挥手回礼，却立刻闭紧嘴唇。她的心里一阵痛楚，每当她见到薇薇安·李时，都会感觉到这样的痛楚。因为她是杰拉尔德的妻子！

米登汉姆农庄位于村外一英里处，是李家世代相传的家产。杰拉尔德·李爵士是农庄的现任主人。他是一个比实际年龄老成并且很拘谨顽固的人。他用浮华虚夸掩盖了他的羞怯。他与克莱尔是青梅竹马的玩伴，后来又成了朋友。很多人都充满信心地期待着他们会有更亲密的发展——这其中也包括了克莱尔本人。当然，事情不能太着急——不过总有一天……她把这一切放在心里，总有这么一天。

然而后来，就在一年前，当消息传开时，全村一阵哗然：杰拉尔德爵士娶了哈珀小姐——一个谁都没听说过的年轻女人！

新婚的杰拉尔德夫人在村里并不受欢迎。她对教区的事务毫无兴趣，认为狩猎非常无聊，也讨厌乡村和户外活动。不少自以为是的家伙摇头，很怀疑这桩婚姻会怎么收场。很容易就能看出来杰拉尔德爵士为什么会一时犯糊涂。薇薇安是位美人，从头到脚都与克莱尔形成鲜明的反差：她小巧玲珑、鬼灵精怪、娇俏精致，金红色的头发在美丽的双耳上方卷曲，紫罗兰色的双眸天生就会射出诱人的媚眼。

以杰拉尔德·李简单的男人思维，他自然希望他的妻子能与克莱尔成为好朋友，于是常邀克莱尔去农庄用餐。薇薇安与她相见时，总是装出一副亲密无间的样子，就像今天早上她会如此热心地朝克莱尔打招呼。

克莱尔继续赶路，去办理她的事务。教区牧师正好要去拜访同一位老太太，拜访完毕后，他与克莱尔同行了一段路。在分手前，他们还停下脚步，站着讨论了一会儿教区里的事务。

"琼斯的老毛病恐怕又犯了，"牧师说，"他上次主动做出保证的时候，我对他还是抱有很大期望的。"

"真讨厌。"克莱尔斩钉截铁地说。

"对我们来说似乎是这样，"威尔莫特先生说，"可是我们必须明白，我们很难设身处地地从他的角度来看待他所受到的诱惑。酗酒的欲望是我们无法解释的，可是我们自己也会受到诱惑，这么想我们才会感同身受。"

"我想是的,我们自己也会受到诱惑。"克莱尔将信将疑地说。

牧师瞄了她一眼。

"我们有些人运气比较好,受到的诱惑很少,"他温和地说,"但是即使是这样的人,也会有克制不住的时候。要祷告,别忘了,免得陷于诱惑。"

向她道别之后,他轻快地走了。克莱尔若有所思地继续走着,不久就几乎一头撞在了杰拉尔德·李爵士的身上。

"你好,克莱尔。我正期望能见到你,你看起来精神不错,气色多好啊。"

片刻之前气色还没有这么好呢。

李爵士继续道:"是啊,我正期望能见到你。薇薇安这周末去伯恩茅斯了,她的母亲身体不太好。今晚我们的聚餐可以改到星期二吗?"

"哦,没问题。星期二我也可以。"

"没问题,太好了,我得赶快走了。"

克莱尔回到家时,发现她忠诚的仆人正站在门阶上,等着她回来。

"您回来了,小姐。出事了,他们把罗弗带回来了。今早它自己跑了出去,一辆小汽车从它身上结结实实地碾了过去。"

克莱尔急忙冲到她的爱犬身旁。她酷爱动物,罗弗是她最宠爱的一只狗。她依次检查了它的四肢,然后用双手轻抚它的身体。它呻吟了一两次,舔了舔她的手。

"如果有什么严重的伤,估计是内伤,"她最后说,"看上去骨头好像都没断。"

"我们是否要请兽医来看一下,小姐?"

克莱尔摇着头,她对当地的兽医不太信任。

"等到明天再看吧。它好像也不是太痛苦,牙龈颜色很正常,肯定没有很严重的内出血。我明天看情况再说,如果它还是不好,我就开车带它去斯基平顿,请里维斯看看它,他是最可靠的人选。"

2

第二天，罗弗似乎更虚弱了，克莱尔决定立即动身。斯基平顿是个大约在四十英里之外的小镇，距离虽远，但是那里的兽医里维斯却是远近闻名的。

他的诊断证实了内伤的事实，但他认为复原概率很大，于是克莱尔很放心地把罗弗留给他来照顾，独自离开了。

斯基平顿只有一家饭店：阿姆斯郡府饭店。在这个饭店出入的主要是一些商旅人士，因为斯基平顿附近没有很好的狩猎场，而且也远离交通主干道。

午餐要到一点钟才开始供应，还有一些时间。克莱尔便随手翻阅起饭店入口处的访客登记册以自娱。

她突然发出一声惊呼，难道她会认错这个笔迹吗？那些极有特点的圆圈和连笔——她确信她是正确的，她甚至可以当场起誓——但是这实在不可能。薇薇安·李应该在伯恩茅斯。登记册上这些文字的本身也告诉她这是不可能的，上面写的是：

西里尔·布朗先生和太太，伦敦

可她还是忍不住一次次地把目光投向那些飘逸的字体。她都不知道自己怎么会那么贸然地跑去向登记处的女职员询问。

"是西里尔·布朗太太吗？不知道是不是我认识的那位？"

"是一位个子娇小、红头发的女士吗？长得很漂亮。她是开着一辆红色双人座小汽车来的，小姐。我想，是一辆标致。"

是她没错！不可能是巧合。她如同置身在梦境之中，听着那个女职员继续说道："他们一个多月以前来这里度过周末，觉得很不错，所以又来了一次。我想他们俩是刚刚结婚的。"

克莱尔听到了自己的回答："谢谢你，我想那应该不是我的朋友。"

她的声音有点儿异样，仿佛来自别人的口中。不久后她已经坐在餐厅里，默默地吃着已经冷掉的烤牛肉。她的心中充满了迷茫，还有情绪化的思想斗争。

无论如何，她对真相深信不疑。和薇薇安第一次见面起，她就认清了这个人，她就是这种人。她有点儿疑惑那个男人是谁。是薇薇安婚前就认识的人？很有可能——这些都无关紧要——除了杰拉尔德，别的都无关紧要。

她，克莱尔，该为杰拉尔德做些什么呢？他应该知情——他当然有权知情，显然她有责任告诉他。她意外地发现了薇薇安的秘密，而她必须尽快让杰拉尔德也了解真相。她是杰拉尔德的朋友，不是薇薇安的朋友。

可是不知何故，她觉得这样不妥，她的良心感到不安。从表面上来看，她的理由很正当，然而她作为朋友的责任，却与她自己的倾向性令人怀疑地纠缠在了一起。她也承认，她不喜欢薇薇安。更何况，如果杰拉尔德·李与他的妻子离婚，克莱尔当然清楚接下来他会怎么做。他是一个把自尊心看得很重，几近于疯狂的人，显然他接下来会投入克莱尔的怀抱，这条路是现成的。

这么一想,她就顾虑重重地退缩了,这么做显得多么露骨,多么丑陋。

个人的因素夹杂得太多,她无法弄清自己的真正动机究竟是什么。克莱尔骨子里是一个自命清高、责任感很强的人,她想弄明白自己的职责所在。她希望——正如她一直所希望的那样——做一个正确的选择。可是这一次,什么才是正确的?什么是错误的?

她完全在无意中发现了秘密,这秘密对她所钟爱的男人和她所讨厌的女人——坦率地说,是一个令她嫉妒得发疯的女人——影响极为深远。她可以毁掉这个女人,然而这样做是正当的吗?

克莱尔一直很刻意地远离各种流言蜚语,这是乡村生活中无法避免的一部分。她讨厌这种感觉,仿佛她已经变成了那种自己向来极度鄙视的长舌魔鬼。

那天早上牧师说过的话突然在她的脑海中闪过。

"即使是这样的人,也只是时候未到而已。"

难道她的时候已经到了?难道这就是她受到的诱惑?难道这诱惑已经在阴险的伪装下变成了一种职责?她,克莱尔·哈里威尔,一个基督徒,对任何人都应抱以仁爱与慈善——包括女人。如果她要去告诉杰拉尔德,就必须确保驱使她去的完全只有非个人的动机。而目前她必须保持沉默。

她付完了午餐费用后开车离去。她有一种难以形容的感觉,精神上轻松了许多,很久没有这么快乐了。她很高兴自己拥有足够抗拒诱惑的力量,没有做出什么卑劣、不值得的行为。刹那间一种感觉闪过,仿佛有一股能量点燃了她的灵魂,不过她立刻打消了这种稀奇古怪的想法。

3

周二晚上到来之前,她坚定了自己的信念:这意外的发现不会由她张扬出去,她必须保持沉默。她心中埋藏着对杰拉尔德的爱,这使她不得不三缄其口。这是一种很高的姿态吗?也许吧,可这也是她唯一的选择。

她开着自己的微型小汽车来到农庄,杰拉尔德爵士的司机在门口等候。这天晚上有雨,因此等她下车后,他帮她把车开走,绕行开往车库。他刚开走,克莱尔就想起来,她借的那几本书还在车里,这次她带来是要归还的。她喊出了声,可是司机并没有听到,男管家急忙追着小汽车跑了过去。

于是,克莱尔独自在大厅里待了片刻,在通往客厅的门边徘徊。男管家刚才已经开了门闩,准备通报她的到来。但是现在,屋内的人仍然不知道她已经到了。只听见薇薇安尖锐的声音——实在不像是一位爵士夫人应该有的声音——非常清晰地传来。

"哦,我们就等克莱尔·哈里威尔了。你们一定知道她——她住在村子里,成天幻想着能变成一个本地名媛,却实在是长得不怎么样。她施尽了浑身解数想要把杰拉尔德抓在手里,可他根本就无动于衷。"

"哦,真的,亲爱的。"这是她对她丈夫低声抗议的回应,

"她确实是这样的。你们也许没有意识到,可是她已经尽了全力。可怜的老克莱尔!是个好人,可也是个傻瓜!"

克莱尔的脸变得惨白,她的双手垂在两边,前所未有的愤怒使她紧紧地握起双拳。在那一刻,她可以亲手杀死薇薇安,她拼尽了全力才控制住自己。一个想法已经逐渐形成,她要积蓄力量,让薇薇安为这恶毒的言辞受到惩罚。

男管家拿着书回来了,他开门通报了她的到来。接着,她一如往常、和颜悦色地向满屋子的人致意。

薇薇安穿着一身精致的深酒红色晚礼服,展现出她白皙柔弱的肌肤。众人对克莱尔只是淡淡看了几眼。薇薇安说她要去学高尔夫球,克莱尔就只好跟着她去球场。

杰拉尔德非常体贴温柔,尽管他根本没想到克莱尔在无意中听到了他妻子的话,他还是在不经意间试图弥补。他喜欢克莱尔,不希望薇薇安对她评头论足。他与克莱尔仅仅是好朋友,没有别的——关于后面这一点,就算他的脑海里会有某种不安的怀疑,他也会把它丢到一边。

晚饭后,话题落到了小狗的身上。克莱尔述说了罗弗的意外,她故意停顿了一下,等到大家安静下来,才继续说道:"所以,星期六那天,我带它去了斯基平顿。"

她听到薇薇安·李的咖啡杯突然在碟子里发出咯咯的响声。不过她并没有——还没有正眼看她。

"去找那个里维斯?"

"是的,我想它会好起来的。后来我在阿姆斯郡府饭店用午餐,那是一家挺气派的小旅店。"她转向薇薇安说道,"你在那里住过吗?"

就算她有任何怀疑,也都跑到了九霄云外。只听到薇薇安匆忙地回应道——结结巴巴地:"我?哦!没……没有,没有。"

她空泛而黯然的双眼中流露着惊恐,与克莱尔目光交汇。然而克莱尔不动声色,那是冷静而明察秋毫的双眼,没有人能够觉察出其中隐藏着的得意。在那一刻,克莱尔几乎原谅了薇薇安在今晚早些时候让她听到的言辞。与此同时,她体会到一种充满力量的感觉,不由得头晕目眩起来。她已经把薇薇安·李捏在了手里。

第二天,克莱尔收到了那个女人的字条,问克莱尔是否愿意与她共度一个宁静的下午,一起饮茶。克莱尔拒绝了。

然后薇薇安不请自来。她接连两次在克莱尔几乎必然在家的时间到来。第一次,克莱尔真的出门了;第二次,她一看见薇薇安从小径上走来,就偷偷地从后门溜走了。

"她还不敢肯定我是否已经知道了。"她自言自语道,"她想要在不暴露自己的情况下搞清楚这一点。可她别想得逞,除非我准备好要告诉她。"

克莱尔不太清楚自己在等什么。她本来已经决定保持沉默——只有这样做才称得上光明正大。当她回想起曾经遭遇的那种极其恶劣的挑衅时,再次感觉到了那种道德的光辉。在无意中听到薇薇安在背后中伤她之后,她就感到,她心里软弱的那个人格可能已经毁掉了她充满善意的决定。

星期天,她去了两次教堂。第一次是去团体聚会,这使她更加坚定、更有活力。个人的情感不会影响她——卑劣与无耻都无处容身。她第二次是去参加晨祷,威尔莫特先生的布道讲述了法利赛教派那位著名祈祷者的事迹[1],简述了他的生平。那是一个

---

[1] 见《圣经·新约·路加福音》(18:9—14),法利赛人与税吏的典故;法利赛人祷告时自豪于自己的德行,而税吏则自惭形秽。耶稣隐晦地表示了自己的看法:因为凡自高的,必降为卑,自卑的,必升为高。

好人，是教会的栋梁。他还详述了那种发自灵魂深处的自豪，是如何遭到诋毁，被扭曲、玷污得面目全非。

克莱尔并没有全神贯注地听讲。薇薇安就坐在李家族那一大群人之间，克莱尔本能地预感到她不久就会再次试着来找她。

一点儿也没错，薇薇安盯上了克莱尔，跟着她走到家，问她可不可以进门，克莱尔当然答应了。她们坐在克莱尔布满鲜花和旧式印花布的小客厅里。薇薇安东拉西扯地聊了起来。

"你知道的，上周末我在伯恩茅斯。"她很快地说道。

"杰拉尔德告诉过我了。"克莱尔说。

她们对视着，薇薇安今天看起来如此平凡。她的脸变得尖刻、狡猾，减少了原有的魅力。

"你在斯基平顿的时候——"薇薇安开口了。

"我在斯基平顿的时候？"克莱尔彬彬有礼地说道。

"你提到过那里的一家小饭店。"

"阿姆斯郡府饭店，是的。你不是说你对那里一无所知吗？"

"我……我去过一次。"

"哦！"

她只要默默等着就可以了。薇薇安是忍受不了哪怕一点点的紧张气氛的，她已经要崩溃了。突然间，她身子前倾，激动地吼道："你不喜欢我，你从来都不喜欢我，你一直都恨我！你现在在自得其乐，就像一只猫对待一只老鼠那样玩弄我！你真残忍——残忍！这就是我那么怕你的原因，因为在内心深处，你是那么残忍！"

"够了，薇薇安！"克莱尔厉声答道。

"你都知道了，不是吗？是的，我看得出来，你已经知道了。你早就知道了，那天晚上——当你提到斯基平顿的时候。不管是通过什么方式，反正你已经发现了真相。好吧，我想知道你准备怎么样。你打算怎么做？"

克莱尔沉默了片刻，薇薇安跳了起来。

"你打算怎么做？我必须知道。你不会否认你知道了所有的一切吧？"

"我不打算否认任何事情。"克莱尔冷冷地说。

"那天你在那里看见我了？"

"没有。我在登记册里看到了你的字迹——西里尔·布朗先生和太太。"

薇薇安的脸红得发黑。

"然后，"克莱尔平静地继续道，"我询问了一些问题，发现那个周末你并不在伯恩茅斯，你母亲并没有找你去。实际上，六星期前也发生过同样的事。"

薇薇安再次瘫在了沙发里，她像一个受惊的孩子，失声痛哭起来。

"你想怎么样？"她哽咽着问道，"你打算告诉杰拉尔德？"

"我还不知道。"克莱尔说。

她从容不迫，感到自己无所不能。

薇薇安坐了起来，把前额的红色发卷向后捋了捋。

"你想听听整个故事吗？"

"我想，听听也无妨。"

薇薇安毫无保留地把前因后果向她原原本本地说了出来。"西里尔·布朗"其实名叫西里尔·哈维兰，是一个年轻的工程师，本来是她的未婚夫。可是他的健康出了问题，失去了工作，于是他毫不犹豫地舍弃了一无所有的薇薇安，娶了一个比他大很多的有钱寡妇。没过多久，薇薇安就嫁给了杰拉尔德·李。

她与西里尔有一次很偶然地重逢了，那是后来多次相会的一个序幕。西里尔在他妻子的财富的支持下，事业蒸蒸日上，已经成为一个知名人物。这是一个丑陋的故事，充满了见不得光的幽会、无休止的谎言与私情。

"我是多么的爱他。"薇薇安一遍又一遍地重复着，不时呻吟着。克莱尔每次听到这样的话，都感到非常恶心。

最后，支离破碎的故事终于讲完了，薇薇不好意思地轻声问道："那么你……"

"我打算怎么做？"克莱尔反问道，"我没办法告诉你，我需要时间考虑。"

"你不会向杰拉尔德告发我吧？"

"也许我有责任这样做。"

"不，不！"薇薇安的声音变成了歇斯底里的尖叫，"他会和我离婚的，他一个字都不会听我的。他会跑到那家饭店调查真相，西里尔会被卷进来，然后他的妻子也会和他离婚，他会失去一切——他的事业，他的健康——他会再次变得一无所有。他永远不会原谅我——永远不会。"

"请原谅我这么说，"克莱尔道，"我不在意你那个西里尔。"

薇薇安置若罔闻。

"我告诉你，他会恨我的——恨我，我会受不了的。别告诉杰拉尔德，你要我做什么都可以，只要你不告诉杰拉尔德。"

"我需要些时间来决定，"克莱尔严肃地说，"眼下我不能做出任何承诺。在这段时间，你和西里尔不可以再见面。"

"不会了，不会了，我们不会再见面的。我发誓！"

"等我知道该怎么做了，"克莱尔说，"我会告诉你的。"

她站起身来。薇薇安轻手轻脚地溜出她家，不时回头张望。

克莱尔嫌恶地嗤之以鼻,那真是一桩脏脏的勾当。薇薇安会谨守承诺,不再见西里尔吗?也许会吧。她太软弱了——彻头彻尾的软弱无能。

当天下午,克莱尔外出走了很长一段路。有一条通往高地的小路,路的左侧是绿草茵茵的山坡,缓缓地向下延伸到远处的海边,小路本身则以不变的坡度一直向上爬升。这条小路被当地人称为"绝路"。尽管走在小路上相当安全,可是如果走偏了一点儿就相当危险。那些平缓的山坡危机四伏,克莱尔就曾在这里失去了一条爱犬。那个小家伙跑到了光滑的草地上,结果一时间收不住脚,消失在悬崖绝壁间,在下面尖利的岩石上摔得粉身碎骨。

这天下午风轻云淡,景色很美。远处的海浪声从脚下传来,那是令人心旷神怡的低吟。克莱尔坐在薄薄的草皮上,眺望着那碧蓝的海水。她必须正视现实,她究竟该怎么做?

她觉得薇薇安实在令人讨厌。那个小女人崩溃了,怯弱地投降了!克莱尔愈加为她感到不齿。她连一点点勇气都没有——一点点骨气都没有。

然而,尽管克莱尔那么讨厌薇薇安,还是决定暂时先饶恕她。她回家后给她写了一张字条,说尽管眼下还不能做出任何承诺,但她会暂时保持沉默。

德莫崖的生活如同往常一样,还在继续。当地人都发现李爵士夫人看起来不太好。而另一方面,克莱尔·哈里威尔却精神焕发。她的眼睛比以往更有神采,她的头比以往抬得更高,她的仪表都比以往更有自信。她与李爵士夫人经常见面,有人注意到在这种场合下,年纪较轻的李爵士夫人总是对克莱尔言听计从,事事看她的脸色。

有时候哈里威尔小姐会说些似乎暧昧不明的话——与手头正在做的事情完全无关。她会突然说，最近她改变了对很多事情的看法——真奇怪，一点点小事怎么会让一个人的观点产生如此翻天覆地的变化。人总是容易被同情所左右——那实在是不应该的，其实是错误的。

每当说出这样的话时，她常常用一种奇怪的目光看着李爵士夫人，后者的脸色会突然变得煞白，看起来像是吓坏了。

然而随着时间的流逝，这种迹象渐渐地不明显了。克莱尔还在说同样的话，可是李爵士夫人的反应似乎没有那么激烈了。她开始恢复以往的面貌与神采，往日的愉悦又回来了。

4

一天早上,克莱尔外出遛狗散步时,在一条小巷里遇到了杰拉尔德。当他与克莱尔交谈时,他的小狗与罗弗其乐融融地玩耍。

"听说我们的消息了吗?"他轻松地说,"我想薇薇安大概告诉你了。"

"什么消息?薇薇安没有提到什么特别的消息。"

"我们要出国了——去一年,也许更久。薇薇安受够了这个地方。她从来不喜欢这儿,你知道的。"他叹口气,似乎有一两个瞬间,看起来有点儿沮丧。杰拉尔德·李很以家为荣。"不管怎样,我答应她改变一下。我在阿尔及尔附近买了一幢别墅,一个非常好的地方,他们都这么说。"他有点不自然地笑了起来,"很像二次蜜月,不是吗?"

克莱尔一时间无法说话,像是有什么东西冲上来堵住了她的喉咙。她仿佛见到了那幢别墅白色的外墙、橘子树,闻到了南方的空气中芬芳的气息。第二次蜜月!

他们要逃走了,薇薇安不再受到她的威胁了,她要离开这里,去享受无忧无虑的欢乐与幸福。

克莱尔听到了自己的声音,有点嘶哑,说的都是些应景的话。这多么棒啊！她真羡慕他们！

幸好此刻，罗弗和那条小狗吵了起来，它们陷入了一场混战，使主人们的交谈不可能再继续下去了。

当天下午，克莱尔坐到桌前给薇薇安写了一张字条，邀她于次日到"绝路"面谈，她有很重要的话要对她说。

5

第二天早上万里无云,克莱尔心情愉悦地爬上那条陡峭的小路,走向"绝路"。天气多好啊!她很高兴,她已经下定决心就在这朗朗青天下,而不是在她那沉闷乏味的小客厅里,把该说的话明明白白地说出来。她为薇薇安感到遗憾,真的非常遗憾,可是有些事必须要做。

她看见了一个黄色的小点,就像高处路边一朵黄色的小花。当她走近了一些,看出那是薇薇安的身影,穿着一件黄色的针织上衣,坐在薄薄的草皮上,双手抱膝。

"早上好!"克莱尔说,"天气真好,不是吗?"

"是吗?"薇薇安说,"我没有注意。你想对我说什么?"

克莱尔在她身边的草地上坐了下来。

"我有点儿喘不过气来,"她满怀歉意地说,"上坡的路很陡。"

"真见鬼!"薇薇安刺耳地尖叫道,"你为什么不能好好地说出来,你这惺惺作态的恶魔,为何偏要这样折磨我呢?"

克莱尔看上去一脸惊诧,薇薇安惊惶地改变了态度。

"我不是这个意思,对不起,克莱尔,真的。只是——我的神经已经失控了,而你却坐在这里谈论天气——是啊,这让我实在太恼火了。"

"如果你不小心注意的话，你的精神会崩溃的。"克莱尔冷冷地说。

薇薇安大笑起来。

"走上绝路？不，我不是那种人，我永远不会成为疯子的。现在告诉我吧，你想说什么？"

克莱尔沉吟了片刻，然后把目光坚定地投向了远处的大海，而没有投向薇薇安，她开口了。

"为了公平起见，我想先警告你，我不想再保持沉默了，关于——关于去年那件事。"

"你的意思是——你要把整件事告诉杰拉尔德？"

"除非你亲自告诉他，那就再好不过了。"

薇薇安尖刻地笑了起来。

"你很清楚我没有勇气这么做。"

克莱尔并没有反驳，她早就证实了薇薇安的怯懦。

"你亲自说显然是更好的方式。"她重复道。

薇薇安再次发出短促而丑陋的笑声。

"我猜这就是你可贵的良心吧，是它驱使你这么做的？"她冷笑道。

"我想这对你来说大概很奇怪，"克莱尔静静地说，"不过事实确实如此。"

薇薇安苍白而凝滞的面孔凝视着她。

"上帝啊！"她说，"我相信你真的是这么想的，你真的认为那就是原因。"

"这就是原因。"

"不，不是的。如果是这样，你早就这么做了，很早以前。

为什么没有呢？不，不用回答我。让我来告诉你，抓住我的把柄，能让你感到更多的乐趣——那就是原因。你喜欢让我身陷于焦虑不安的状态，听任你的摆布。你会发表一些言论——恶魔的言论——只为了折磨我，让我终日不得安宁。这确实都见效了——直到我习以为常的那一刻。"

"于是你就安心了。"克莱尔说。

"你看出来了，对吧？然而后来，你还是沉默，开始享受掌握权力的乐趣。可是现在，我们要走了，逃脱你的掌控，我们也许将会变得很幸福——这么一来，你无论如何也坐不住了，于是你那招之即来的良心就醒了过来！"

她停了下来，喘着气。

克莱尔依然非常平静地说："我不能阻止你胡说八道，但是我可以向你保证这些都不是真的。"

薇薇安突然转身抓住了她的手。

"克莱尔——看在上帝的分上！我说到做到了——我都按你说的做了，我没有再见西里尔——我发誓！"

"这是另外一回事。"

"克莱尔——难道你没有一点点同情心吗——一点怜悯心都没有吗？我可以跪在你的面前。"

"你自己去告诉杰拉尔德吧，亲口跟他说，他可能会原谅你。"

薇薇安轻蔑地笑了。

"你很了解杰拉尔德，他会大发雷霆的，会想方设法报复。他会让我痛苦不堪，会让西里尔痛苦不堪，我会受不了的。听着，克莱尔——他的事业很成功，他发明了一种东西——某种机器，我一点儿也不懂，但那可能是一项伟大的功绩。他现在已经搞成了,当然是在他妻子的资助下。但她是一个多疑善妒的人,如果她发现了真相,如果她发现了杰拉尔德开始办理离婚手续,她就会放弃西里尔——包括他的事业和他的一切,西里尔会被毁掉的。"

"我在乎的不是西里尔。"克莱尔说,"我在乎的是杰拉尔德。为什么你就不能也替他多想一些?"

"杰拉尔德?我不在意他,"她猛咬自己的手指,"我从来没有爱过杰拉尔德,我们还是就事论事的好。可是,我真的在乎西里尔。我是一个废物,彻头彻尾的废物,我承认。我想他也是一个废物,可是在我的眼里,他一点儿也不像个废物。我可以为他去死,你听到了吗?我可以为他去死!"

"嘴上说说很容易。"克莱尔嘲弄道。

"你以为我不是当真的?听着,如果你继续这种残忍的行为,我就会去自杀。在西里尔被卷进去、被毁掉之前,我会这么干的。"

克莱尔依旧无动于衷。

"你不相信我?"薇薇安喘着气说。

"自杀需要很大的勇气。"

薇薇安仿佛受到了打击般退缩了。

"你说对了,是的,我没有勇气。如果有种简单的方法——"

"在你面前就有一种简单的方法,"克莱尔说,"只需要径直跑下那绿色山坡,片刻间就结束了。还记得去年的那个孩子吗?"

"是的,"薇薇安若有所思地说,"那很简单——相当简单——如果一个人真的想要这么做——"

克莱尔笑了。

薇薇安转向了她。

"我们再把话说一遍吧。你难道看不出来，在沉默了那么久之后，你现在要旧事重提完全是没有好处的？我不会再见西里尔，我会做杰拉尔德的好妻子，我发誓我会的。或者我可以离开，永远不再见他。随你喜欢，克莱尔——"

克莱尔站了起来。

"我建议你，"她说，"自己去告诉你的丈夫……否则，我会去说的。"

"我明白了，"薇薇安轻声说，"好吧，我不会让西里尔痛苦的……"

她站了起来，仿佛沉思了片刻，然后轻快地跑向了小路，可是她没有停，而是穿越小路，奔向了下面的山坡。她回过头来，兴高采烈地向克莱尔挥手致意，然后像个孩子一样，轻快地向前跑去，消失在视线中……

克莱尔呆立原地，突然间她听到了尖叫声、呼喊声、喧闹声。然后是——一片死寂。

她呆呆地沿着小路逐级而下，在大约一百码开外，聚集了一群正向上爬的人。他们在那里目不斜视，指指点点。克莱尔跑过去，加入了人群之中。

"是啊，小姐，有人从悬崖上掉下去了。已经有两个人下去看了。"

她等待着。那是一小时，是永远，还是只有几分钟？

有个人费劲地爬了上来，那是穿着衬衣的牧师。他的外套已经脱下来，覆盖在悬崖下的尸体上面。

"真可怕，"他脸色苍白地说，"还好死亡是片刻之间的事。"

他看见了克莱尔，便走到她的身旁。

"你一定吓坏了。我想你们之前是在一起聊天？"

克莱尔听到了自己机械的答话声。

是的,她们刚刚分开。不,李爵士夫人的举止看上去很正常。人群中有人提供信息,说夫人还笑着挥手呢。那是一个可怕的、危险的地方——应该在那里的小路边设置栏杆。

牧师的声音再次响起:"一场事故——是的,显然是一场事故。"

但是突然间克莱尔笑了——嘶哑粗嘎的笑声在悬崖间回响。

"胡说,"她说,"是我杀了她。"

她感到有人在轻拍她的肩膀,一个温和的声音说道:"好的,好的。没事了,你很快就会好了。"

6

可是克莱尔并没有很快就好了,她再也没有好过。她坚持着自己的错觉——当然是错觉,因为至少有八个人目击了那个场面——她坚持说是自己杀死了薇薇安·李。

她的惨状直到罗瑞斯顿护士接手才有所改观。罗瑞斯顿护士在对付精神病例方面非常成功。

"迎合他们就好了吧,这些可怜的家伙。"她会和悦地说。

于是她告诉克莱尔,她是本顿维尔监狱的女狱监。她说,克莱尔的判决已经减为无期徒刑。一个房间被布置成了牢房的样子。

"我想现在我们可以开开心心、舒舒服服的了。"罗瑞斯顿护士对医生说,"如果你喜欢,就给她一把弄钝的刀。不过我觉得根本不用担心自杀,她不是那种人,太自我中心了。真有趣,怎么这种人总是那么容易走上精神错乱的绝路。"

后记

《绝路》首次发表于一九二七年二月的《皮尔森杂志》，编辑在评论里暗示这个故事"写于作者最近生病并神秘失踪前夕"。一九二六年十二月三日深夜，阿加莎·克里斯蒂离开了她位于伯克郡的家。第二天清晨，人们发现她的小汽车停在萨里郡纽兰兹角的希尔村附近，车里空无一人。警方和志愿者在乡间搜索，却一无所获。然而一周半过后，哈罗盖特某家酒店的多位员工发现某位以"特丽莎·尼尔"为姓名登记的客人实际上就是这位失踪的小说家。

克里斯蒂回家后，她的丈夫向媒体宣布，她先前的走失是因为"完全失忆"。然而，围绕着她生命中这个插曲，多年来始终有一些推测。在克里斯蒂失踪期间，著名惊险小说作家埃德加·华莱士就曾在报上发表评论，称如果她没有死的话，"就一定活得好好的，而且神志清醒，也许就待在伦敦。说白了，"华莱士继续写道，"她最初的目的似乎就是为了'针对'某个不为人知的人。"尼尔是阿奇博尔德·克里斯蒂第二任妻子的姓氏。这是在暗示，十二月三日阿加莎弃车而去是为了羞辱她的丈夫。当晚她在伦敦时有朋友们相陪，然后才去了哈罗盖特。甚至有人认为，失踪事件可能是某种另辟蹊径的炒作。然而，事件的原貌仍然模糊不清，各种各样模棱两可的"释疑"也无从得以证实，因此只能被视作茶余饭后毫无根据的臆测。

圣诞历险记

1

粗木在宽敞的开放式壁炉里轻盈地噼啪作响,伴随着六个人说说笑笑的喧闹声烧得更旺了。这个年轻人的乡间别墅聚会主题是欢度圣诞节。

老恩迪科特小姐——通常被大家称为埃米莉姑姑——毫无拘束地微笑着,聆听着他们的谈论。

"我跟你打赌,你吃不了六个肉馅饼,吉娜。"

"可以啊,我吃得了。"

"不可能,你吃不了。"

"那你吃掉的肉就有一整头猪那么多了。"

"没错,点心里还有三只猪,葡萄干布丁里两只。"

"希望布丁做得不错,"恩迪科特小姐担忧地说,"它们是三天前才做好的。圣诞布丁应该在圣诞节之前很久就做好。是啊,记得我小时候,人们会想到那段基督降临节前的短祷辞:'搅起来吧,主啊,我们恳求你……'——某种意义上,那是说搅拌圣诞布丁!"

恩迪科特小姐说话的时候,大家很有礼貌地停止了说笑。这不是因为年轻人对她回忆的往事有丝毫的兴趣,只是因为他们觉得有必要对这里的女主人表现出礼貌性的关注。她的话音刚落,说笑声就重新响起。恩迪科特小姐叹息着,把目光投向了聚会上唯一与她年龄相仿的来客,寻找一份认同感——那是一位矮个子男人,古怪的蛋形脑袋上有两撇有力上翘着的髭须。现在的年轻人已经和过去不同了,恩迪科特小姐心想。过去,年轻人会闭好嘴巴,恭恭敬敬地围成一圈,倾听长辈们的金玉良言。哪像现在这些孩子,只会说些空洞的毫无意义的话,而且很多话根本就听不懂。但是不管怎么说,他们都还是非常可爱的孩子!她逐个地审视他们,目光变得柔和起来——高个子且一脸雀斑的吉娜;小南希·卡德尔充满着黝黑的、吉卜赛式的美;两个年龄小一些、从学校返家的男孩约翰尼和埃里克,以及他们的朋友查理·皮兹;美丽标致的伊芙琳·哈沃斯……想到最后这个姑娘,她微微皱起眉头,又将目光游移到她的大侄子罗杰身上。他郁郁寡欢地坐着,完全不顾身边的嬉笑,只是默默地注视着这位年轻的、具有北欧式美丽优雅的姑娘。

"这大雪是不是棒极了?"约翰尼大叫着走向窗前,"这才是圣诞节的天气。我说,我们去打雪仗吧,午餐还早着呢。是不是,埃米莉姑姑?"

"是啊,亲爱的,我们两点开始用餐。你提醒我了,我最好去看看餐桌布置得怎么样了。"

她匆匆走出房间。

"听我说,我们去堆个雪人吧!"吉娜尖叫道。

"好啊,太好玩了!我知道了,我们堆一个波洛先生吧。你听见了吗,波洛先生?伟大的侦探赫尔克里·波洛先生的塑像,由六位著名的艺术家用积雪做成!"

坐在椅子上的小个子鞠躬表示赞成,还眨了眨眼睛。

"做得帅一点,孩子们,"他恳请道,"我强烈要求。"

"那是——当然!"

一群人旋风似的消失了,在门口把威严庄重的男管家撞了个满怀。管家端着一个浅盘,上面是一封短信。他迅速地恢复了从容不迫的神情,径直走向波洛。

波洛接过短信,撕开封口。男管家退下。小个子把短信通读了两遍,然后折起来放进口袋。尽管他脸上毫无表情,短信的内容却是非常惊人的。信上字迹潦草,出自一个受教育程度不高的人之手:"别吃葡萄干布丁。"

"非常有意思,"波洛先生低声自言自语道,"也非常出人意料。"

他朝壁炉的方向看去,伊芙琳·哈沃斯并没有跟其他人一起出去。她坐在那里,凝视着炉火,陷入沉思,紧张不安地转动着左手中指上的戒指,转了一圈又一圈。

"你是在做梦吧,小姐。"小个子男人终于开口道,"一个不太愉快的梦,是吗?"

她吃了一惊,犹豫地看着他。他以抚慰人心的方式点点头。

"我的职责就是了解各种事实。是啊,你并不快乐。我也一样,不是特别开心。我们可以互相倾诉一下吗?你瞧,我非常伤心,因为我一个多年的老朋友,漂洋过海去了南美洲。以前我们在一起的时候,他有时候会让我不耐烦,他的愚钝会让我怒不可遏。可是现在他走了,我想得起来的却只有他的种种好处。生活就是这样,不是吗?好了,小姐,你的困扰是什么呢?你和我不一样,我又老又孤独——而你年轻美丽,你爱的那个人也爱你——哦,是啊,没错。刚才这半个小时我一直在观察他。"

姑娘的脸上泛起红晕。

"你是说罗杰·恩迪科特吧?哦,可是你错了,跟我订婚的并不是罗杰。"

"是啊,你跟奥斯卡·利弗林先生订婚了,我很清楚。可是既然你爱的是另一个人,又为什么跟他订婚呢?"

他的话并没有让姑娘感到愤怒,真奇怪,他的态度里似乎有某种力量让人愤怒不起来。他的语气中饱含善意,还有一种让人无法抗拒的说服力。

"全都告诉我吧,"波洛温和地说,他的语气给了姑娘一种很奇特的安慰,然后他又加上一句刚才已经说过的话,"我的职责就是了解各种事实。"

"我非常痛苦,波洛先生——痛苦极了。你瞧,我的家里曾经很富裕,我有朝一日将会成为继承人。而罗杰并不是长子,而且——尽管我很清楚他喜欢我,他却从来没有开口说过,而是去了澳大利亚。"

"这里的人们这样对待婚姻多滑稽,"波洛先生打断道,"没有条理,不讲方式,一切都听天由命。"

伊芙琳继续讲下去。

"然后,我们突然没钱了,母亲和我几乎身无分文。我们搬到一幢小房子里,只能勉强度日。可是我母亲得了重病,唯一的机会就是做一个大手术,然后到国外暖和的地方去休养。我们没有钱,波洛先生——我们没有钱!这意味着她只有死路一条。利弗林先生曾经向我求过一两次婚。他再一次向我求婚,并且承诺将为我母亲做他力所能及的一切。我答应了——我还有什么办法呢?他履行了诺言。手术由当今最好的外科医生主刀,我们在冬天去了埃及。这都是一年前的事。我母亲重新恢复了健康,而我——我将在圣诞节后嫁给利弗林先生。"

"我明白了,"波洛先生说,"与此同时,罗杰先生的长兄去世了,他回到家中——发现他的梦想破碎了。说到底,你还没有结婚呢,小姐。"

"哈沃斯家的人不会背信弃义,波洛先生。"姑娘自豪地说道。

几乎在她说话的同时,房门打开了,一个面色红润、双眼细长、目光狡诈的秃顶男人站在门口。

"你在这儿磨蹭些什么,伊芙琳?出来散个步吧。"

"好的,奥斯卡。"

她无精打采地站起来。波洛也站起来,彬彬有礼地问道:"利弗林小姐还是不舒服吗?"

"是啊,真遗憾,我的妹妹还在卧床。真糟糕,只能躺在那儿过圣诞节。"

"确实糟糕。"侦探先生礼貌地表示赞同。

几分钟后,伊芙琳穿上雪地靴和厚衣服,与她的未婚夫一起走到外面的雪地里。这是一个完美的圣诞节,空气清新,阳光明媚。参加聚会的其他人正在忙着堆雪人,利弗林和伊芙琳驻足观望他们。

"爱是年轻的梦想,耶!"约翰尼大叫着,把雪球扔向他们。

"你觉得怎么样,伊芙琳?"吉娜喊道,"我们堆的是赫尔克里·波洛先生,那位大侦探。"

"等贴上小胡子再说吧,"埃里克说,"南希准备剪一缕自己的头发下来作为胡子。勇敢的比利时人万岁!礼炮,砰,砰!"

"想想吧,家里有位活生生的侦探!"这是查理在说话,"我想要是有一起谋杀案就好了。"

"哦,哦,哦!"吉娜手舞足蹈地喊着,"我有个主意。我们来安排一起谋杀案吧——我的意思是,骗人的那种,好让他上当。哦,我们快干吧——一定好玩极了。"

五个声音立刻开始你一言我一语。

"我们该怎么做呢？"

"要发出很可怕的呻吟！"

"不对，笨蛋，应该在外面弄。"

"当然，要在雪地里留下脚印。"

"吉娜可以穿着睡衣。"

"你去弄点儿红色染料。"

"弄些在手里——再用手去抹在脑袋上。"

"嗯，我们要是有把枪就好了。"

"告诉你，爸爸和埃米莉姑姑不会听到什么的，他们的房间在屋子另外一边。"

"是啊，他本人不会介意的，他很大度。"

"没错。可是，用什么红染料呢？指甲油？"

"我们可以到村子里去买一些。"

"笨蛋，圣诞节上哪儿买去？"

"对啊。用水彩颜料吧，深红色的。"

"让吉娜来扮吧。"

"别担心会受冻，不会太久的。"

"不，让南希来扮吧，南希有那种漂亮的睡衣。"

"我们去找格雷夫，看看他知道不知道哪儿有染料。"

大伙儿冲进了屋子。

"正出神哪，恩迪科特？"利弗林不以为然地笑着说道。

罗杰猛然回过神来，刚才的话他只听到了一点点。

"我在想事情。"他平静地说。

"想事情？"

"我在想波洛先生为什么要到这里来。"

利弗林似乎受惊了。就在此时,锣声响起。所有人都准备享用圣诞大餐。餐厅的窗帘都拉上了,灯火通明,长桌上堆满了圣诞礼花筒和其他的装饰品。这是一顿名副其实的老式传统圣诞大餐。长桌的一端坐着红光满面、善良快活的男主人,他的姐姐坐在另一端面对着他。波洛先生为了表示对这个场合的敬意,穿上了一件红色的马甲。他圆滚滚的身材和歪头的形象,让人自然而然地想起了知更鸟。

男主人很快切开了火鸡,大家都埋头吃起来。随着两只火鸡吃完被撤下,一时间众人屏息以待。此时男管家格雷夫现身了,他郑重其事地把葡萄干布丁端了上来——那是一个燃着一圈火焰的巨大布丁。喧闹声爆发出来。

"快点儿,哦!我那块要灭了。快点儿啊,格雷夫。火要是熄了我就没法许愿了。"

没有人留意到波洛先生审视他盘子里的布丁时那种古怪的表情,没有人觉察到他的目光飞快地扫过餐桌周围的人。他有点儿困惑,微微地皱了皱眉,开始品尝他的布丁。所有人都已经开吃,交谈声变小了。突然间,男主人爆发出一声惊呼,他的脸涨成了紫色,手伸进嘴里。

"真可恶,埃米莉!"他怒吼道,"你为什么让厨子把玻璃放在布丁里?"

"玻璃?"恩迪科特小姐惊愕地喊道。

男主人从嘴里取出了那块令人讨厌的东西。

"搞不好会把牙齿弄断的,"他抱怨道,"如果吞下去,会得阑尾炎的。"

每个人面前都有一个盛着水的小碗,本来是为了从蛋糕里吃出来的六便士硬币或者其他玩意儿而准备的。恩迪科特先生把这块玻璃放进去，洗了洗，然后拿出来。

"我的天啊！"他脱口而出，"这是从玩具胸针上掉下来的红宝石。"

"请让我看看好吗？"波洛先生非常灵巧地从他手中接过宝石，仔细地观察着。正如男主人所说，这是一块硕大的红宝石，显露出宝石独有的色泽。他拿在手里转动的时候，它的表面闪烁着光芒。

"嘿！"埃里克喊道，"会不会是真的？"

"傻孩子！"吉娜轻蔑地说，"这么大的红宝石，要值好几千呢——是不是，波洛先生？"

"真奇怪，这种玩具胸针做工那么好。"恩迪科特小姐喃喃道，"可是这怎么会跑到布丁里去的呢？"

的确，这才是目前的问题所在。所有的假设都被大家说了一遍，只有波洛先生什么也没说。不过他好像很心不在焉，若无其事地把宝石放进了口袋。

餐后他来到厨房。

厨师显得很慌张。家庭聚会上的一个客人来问问题，而且是个外国人！不过她还是力所能及地回答了他的问题。这些布丁都是三天前做好的——"就是您来的那天，先生。"所有人都到这儿来搅动布丁并许愿。这是一种旧式习俗——你们外国大概不这样吧？然后这些布丁都被煮熟了，排成一排放在食品柜的顶层。这布丁和其他布丁有什么不一样的地方？没有，她觉得都一样。不过这布丁是放在铝制布丁托盘里的，而其他的布丁都放在瓷托盘里。这布丁是特别为圣诞节准备的吗？不，不是的！真好笑，他会询问这些事情。圣诞布丁一般都是放在一个白色大瓷盘模子里煮的，瓷盘上有冬青树叶的图案。可是就在今天早上（厨娘的红脸变得充满怒气），她派女佣格拉迪斯把布丁拿去最后煮一次，结果她不知怎么搞的把盆子摔坏了。"我看布丁里可能有碎渣，当然是不能送上桌的，于是就用那个铝制托盘装的布丁代替。"

波洛先生谢谢她提供了这些信息。他离开厨房，自顾自地微笑着，似乎对获取的信息非常满意。他的右手伸进自己的口袋里，把玩着什么东西。

2

"波洛先生！波洛先生！醒醒啊！发生可怕的事了！"

第二天清晨，约翰尼喊道。波洛先生从床上坐起来，他的头上戴着一顶睡帽，脸上庄重的神情和头上俏皮歪斜着的睡帽形成非常滑稽的反差。约翰尼似乎并没有因此受到什么影响，可是他的语气却让人感到他在为什么事情忍俊不禁。房门外也传来古怪的响声，就像那种很费劲地用吸管吸苏打水的声音。

"请马上下去看看吧，"约翰尼继续说道，声音有些发颤，"有人被杀死了。"他转过身去。

"啊哈，事态很严重啊！"波洛先生说。

他爬起来，不紧不慢地去了趟厕所，然后才跟着约翰尼走下楼。一群人都簇拥在通往花园的门边。他们的情绪都很激动。一看到波洛，埃里克更是激动得都快透不过气来了。

吉娜跑上前去，把手搭在波洛先生的胳膊上。

"你瞧！"她边说边夸张地朝敞开的门外指了指。

"上帝啊！"波洛先生惊呼道，"这简直像舞台上的场景。"

他的说法恰如其分。夜里又下了一些雪，在拂晓微弱的光线里，眼前是一片雪白的世界，显得有些诡异。只有一片鲜红色打破了白茫茫的视野。

南希·卡德尔一动不动地躺在雪地里。她穿着猩红色的丝质宽睡衣，赤着一双小脚，手臂向两侧张开。她的头歪向一边，埋藏在一头蓬乱的黑发中。她像死人一样静静地躺着，左侧身上竖着一把匕首，那一片深红色还在不停地向雪中蔓延。

波洛走进雪地里。他没有走到女孩的尸体旁边，而是沿着小路走。雪地上有两行脚印，一行是男人的，一行是女人的，足迹通向悲剧发生的地方。只有那行男人的脚印孤独地折向相反的方向。波洛站在小路上，摸着下巴陷入了沉思。

突然间奥斯卡·利弗林从屋子里冲了出来。

"我的上帝！"他喊道，"这是怎么回事？"

他的激动和波洛的冷静形成对比。

"看起来，"波洛先生思索着，"像是谋杀。"

埃里克又猛然咳嗽起来。

"可是我们必须做点儿什么，"其他人说道，"我们该怎么办？"

"唯一可行的方法，"波洛先生说，"就是去叫警察。"

"哦！"所有人都脱口而出。

波洛先生打量着他们。

"当然，"他说，"这就是唯一可以做的。你们谁去？"

众人一片沉默。然后约翰尼走上前来。

"恶作剧到此为止吧，"他宣布道，"我说，波洛先生，我想你不会生我们的气吧。你知道的，这只是个玩笑——是我们设的局——只是想戏弄你。南希是假装的。"

波洛先生不露声色，只是眼睛眨了片刻。

"你们想嘲弄我，是不是？"他平静地询问道。

"嗯，我真的很抱歉，我们不该这么做，实在是太恶劣了。

我要道歉，我是真心的。"

"你们不必道歉。"波洛用一种奇怪的语气说道。

约翰尼转过身去。

"我说，南希，你起来吧！"他喊道，"可别在那儿躺一天啊。"

可是地上的身影还是一动不动。

"起来啊。"约翰尼再次喊道。

南希仍然一动不动。突然间一种莫名的恐怖袭上这个男孩的心头。他转向了波洛。

"怎么了——这是怎么了？她为什么不起来？"

"跟我来。"波洛简略地说。

他大步走过雪地，示意其他人退后，小心不破坏其他的脚印。约翰尼跟着他，他吓坏了，显得不敢相信。波洛跪在女孩身边，然后向约翰尼示意。

"摸摸她的手和脉搏。"

男孩疑惑地俯下身来，然后突然惨叫着往后跳开。姑娘的手臂和手已经冰冷和僵硬了，丝毫没有脉搏的迹象。

"她死了！"他气喘吁吁地喊道，"怎么会这样？为什么？"

波洛先生跳过第一个问题。

"为什么呢？"他沉思着，"我也想知道。"然后，他突然俯身探过女孩的尸体，掰开她另一只手，那只手里正紧握着什么东西。他和男孩一起惊呼起来。南希的手掌上赫然是一块闪烁着火红色光芒的宝石。

"啊哈！"波洛先生喊道。他立即把手伸进自己的口袋里摸索，伸出的手里却什么也没有。

"是那块玩具红宝石。"约翰尼颇为不解地说。然后，当他身边的同伴正俯身察看匕首和被染红的积雪时,他喊道:"这当然不是血,波洛先生,这是颜料,只是颜料。"

波洛站直身子。

"是啊,"他平静地说,"没错,这只是颜料。"

"那怎么会——"男孩欲言又止。波洛接着他的话说了下去。

"那她怎么会死的?这是我们必须查明的。她今天早上吃过或者喝过什么东西吗?"

他沿着刚才的脚步走回小路,其他人还在那里等着他开口。约翰尼紧跟着他。

"她喝过一杯茶,"男孩说道,"利弗林先生帮她准备的。他房间里有个酒精炉。"

约翰尼的声音响亮而清晰,利弗林都听到了。

"我总是带着酒精炉的,"他声明,"非常方便。我妹妹很高兴能来这儿做客——她不愿意老是麻烦仆人们。"

波洛先生垂下双眼,看上去像要表示歉意。他看到利弗林先生的双脚正套在一双绒毡拖鞋里。

"你把靴子换掉了,是吧。"他温和地低喃着。

利弗林紧紧盯着他看。

"可是,波洛先生,"吉娜喊道,"我们该怎么办呢?"

"正如我刚才所说的,我们只能做一件事,小姐,就是去叫警察。"

"我去吧,"利弗林喊道,"我只要一分钟就能穿上我的靴子。你们最好也别在这么冷的地方待太久。"

他走进屋子,就此消失无踪。

"利弗林先生,他考虑得真周到,"波洛柔声低语着,"我们要不要接受他的建议?"

"要不要去叫醒爸爸——还有其他人?"

"不,"波洛先生立刻答道,"完全没有必要。在警察来之前,什么也别碰就行了。我们要不要先进去?去书房怎么样?我要告诉各位一小段历史,把你们的注意力从这个惨剧上转移开。"

他走在前面带路,其他人都跟在后面。

"这是一个关于红宝石的故事。"波洛先生坐在一张舒适的扶手椅上说,"这块著名的红宝石属于一个很有名的人。我不会把他的名字告诉你们——不过他确实是这个世界上最伟大的人物之一。是啊,这位伟大的人物隐姓埋名来到了伦敦。然而,尽管是位伟大的人物,他也还是个傻乎乎的年轻人。他被一位漂亮的年轻小姐缠上了。那个漂亮的年轻小姐并不喜欢这个年轻人,她只是喜欢他的财产——就这样,有一天她带着那块历史上著名的红宝石消失了。那可是年轻人家族代代相传的传家宝。可怜的年轻人不知所措,他很快要跟一位高贵的公主结婚了,他不能被宣扬出什么丑闻。他不可能去找警察,于是他就找到了我,赫尔克里·波洛。'请帮我找回我的红宝石吧。'他说。是啊,我知道一些关于这位年轻小姐的事情。她有个哥哥,他们俩一起做过很多聪明的案子。我碰巧知道他们要在哪里过圣诞节。多亏碰到好心的恩迪科特先生,我才有机会成为这里的客人。然而,当那位漂亮的小姐听说我来了,她非常惊恐。她很聪明,知道我是追着那块红宝石来的,她必须马上把它藏到一个很安全的地方。你们猜她把红宝石藏在哪儿了?就在葡萄干布丁里!是啊,现在你们都知道了吧,她跟大家一样,都来搅动过布丁。而且你们瞧,她把红宝石放在一个与众不同的铝制布丁托盘里。可惜天意弄人,在圣诞大餐的时候,那个布丁被端上来了。"

孩子们暂时忘记了那个惨剧,都张口结舌地盯着他。

"然后,"小个子继续讲道,"她就上床闭门不出。"他掏出怀表看了看,"家里为此鸡犬不宁。利弗林先生去叫警察去了很久了,是不是?我猜他的妹妹也跟他一起去了。"

伊芙琳喊出声来,她目不转睛地看着波洛。

"而且我猜他们不会回来了。奥斯卡·利弗林骗吃骗喝的日子已经过了很久,现在该收场了。他和他的妹妹会改一个姓氏,在国外继续他们的活动。今天早上我先是试探他,然后又威胁了他。他假装去叫警察,其实是趁我们进屋的时候跑去拿走红宝石。这是破釜沉舟的一招,毕竟眼前出现了一起谋杀案,矛头直指向他,溜之大吉显然是上策。"

"是他杀了南希?"吉娜低声问道。

波洛站起来。

"我们再去一次犯罪现场看看。"他提议。

他走在前面,其他人都紧随其后。当他们走到屋外时,都同时惊呼起来。那场惨剧已经不见任何一丝痕迹了,只有一片洁白无瑕的雪地。

"哎呀!"埃里克喊道,一屁股坐在台阶上,"这不是在做梦吧,是不是?"

"太有意思了。"波洛先生说,"尸体消失之谜。"他轻轻地眨了眨眼。

吉娜满脸狐疑地走向他。

"波洛先生,你难道——你该不会是——我是说,你一直在骗我们,是不是?哦,我相信一定是这样!"

"没错,孩子们。是啊,你们的伎俩我早就知道了,我将计就计地安排了一下。啊,南希小姐来了——希望她在精彩的喜剧表演之后毫发无伤。"

确实是活生生的南希·卡德尔，她的目光闪动着，身上洋溢着健康与活力。

"你没有受寒吧？我送到你房间里的汤药你喝了吗？"波洛板起脸来问道。

"我喝了一小口，足够啦，我已经好了。我表演得不错吧，波洛先生？哦，那条止血带弄得我的胳膊现在还挺疼的！"

"你干得太棒了，小鬼。我们是不是应该向他们解释解释？他们还一头雾水呢。你们瞧，我的孩子们，我去找过南希小姐，告诉她我已经知道了你们所有的计划，问她是否能帮我演一出戏。她做得非常聪明。她先请利弗林先生帮她准备了一杯茶，然后设法让他在雪地上留下脚印。于是，等到好戏上演的时候，他还以为她真的死了，而且我手里有足够的把柄来威胁他。后来我们都进屋之后发生了什么，小姐？"

"他跟他妹妹跑过来，从我手里拿走了红宝石，然后他们就赶快逃走了。"

"可是，波洛先生，红宝石怎么办呢？"埃里克喊道，"你是说你真的就让他们这么拿走了吗？"

波洛的脸沉了下来，他面对着众人不满的眼神。

"我会把它找回来的。"他的口气软了下来。他感到他们太小瞧他了。

"让我来想想。"约翰尼开口道，"就这么让他们拿着红宝石逃走了——"

但是吉娜要敏锐得多。

"他又在骗我们呢！"她喊道，"你在骗我们，对不对？"

"你在我的左边口袋里摸摸看，小姐。"

吉娜急切地把手伸进去，然后又欢呼着把手伸了出来。她高高举起那块至关重要的、闪耀着深红色光芒的红宝石。

"你们瞧,"波洛解释道,"另一块红宝石是我从伦敦带来的玻璃复制品。

"他真聪明,是不是?"吉娜心醉神迷地喊道。

"有一件事你还没告诉我们,"约翰尼突然说,"你怎么知道我们要骗你?是南希告诉你的吗?"

波洛摇摇头。

"那你是怎么知道的?"

"查明事实就是我的职责。"波洛先生边说边微笑地看着伊芙琳·哈沃斯和罗杰·恩迪科特沿着小路走在一起。

"是啊,可是你得告诉我们。哦,说吧,求你了!亲爱的波洛先生,告诉我们吧!"

他被一张张泛着红晕、热切的面孔围住了。

"你们真的想让我解开这个秘密?"

"是啊。"

"我想我还是不说为好。"

"为什么?"

"说真的,你们会失望的。"

"哦,告诉我们吧!你是怎么知道的?"

"好吧。你们瞧,当时我就在书房里——"

"然后呢?"

"你们正好就在书房外面讨论你们的计划——书房的窗户是开着的。"

"就是这样?"埃里克大失所望,"太容易了吧!"

"可不是吗?"波洛先生微笑着说。

"不管怎么说,现在一切都搞清楚啦。"吉娜满意地说。

"真的吗？"波洛先生走进屋时，喃喃自语着，"我还没有——查明事实是我的职责所在。"

然后，大概已经是第二十次了，他又从口袋里掏出那张脏兮兮的纸条。

"别吃葡萄干布丁——"

波洛先生困惑地摇摇头。就在此时，他发现脚边有一阵奇怪的喘息声。他低头看去，原来是一个穿着印花制服的小家伙。她的左手拿着一个簸箕，右手拿着一把刷子。

"你是谁呀，我的孩子？"波洛先生问道。

"我叫安妮·希克斯，先生。助理女佣。"

波洛先生灵机一动。他把那封信递给她。

"这是你写的吗，安妮？"

"我没有恶意，先生。"

他向她报以微笑。

"你当然没有恶意。可以告诉我是怎么回事吗？"

"是他们两个人啊，先生——利弗林先生和他的妹妹。我们全都受不了他们俩。她根本没有生病，我们都看得出来。所以我想这其中一定有什么古怪。实话告诉您吧，先生，我在他们的门口偷听。我清清楚楚地听到他说：'我们必须除掉波洛那个家伙，越快越好。'然后他话里有话地问她：'你把那东西放在哪儿了？'她答道：'放在布丁里。'所以我就明白了，他们想用圣诞布丁毒死您。我不知道该怎么办，厨师不会相信我的话。然后我想到写封信警告您。我把信放在格雷夫先生一定会看到的地方，让他把信交给您。"

安妮屏息等待着。波洛严肃地审视了她几分钟。

"你小说看得太多了，安妮。"他终于说道，"不过你的心肠真好,也很聪慧。我回伦敦以后,会寄一本很不错的关于家务管理的书给你,一本《圣人们的生活》,还有一本是关于女性的经济地位的。"

离开了兴奋不已的安妮,他转身穿过大厅。他本想去书房,可是从打开的门往里看,他看到一头黑发和一头金发很近地凑在一起,于是他停下了脚步。突然间,一双手臂出其不意地环绕在他的项间。

"请站到槲寄生下面去吧!"吉娜说。

"我也要。"南希说。

波洛先生非常开心——他真的感到开心极了。

后记

《圣诞历险记》最早以《雪地上的女尸》为标题发表在一九二三年十二月十二日的《素描》杂志上，作为《波洛先生的灰色脑细胞》系列短篇小说第二本的最后一篇。这个故事还再次以《圣诞历险记》的篇名出现在二十世纪四十年代两个昙花一现的短篇集中：《神秘的第三者与圣诞历险记》和《波洛慧眼识凶手》。多年后，克里斯蒂将这个故事扩写为中篇小说，收录在一九六〇年出版的作品《雪地上的女尸》中。

在该选集的前言里，克里斯蒂提到，这个故事让她回忆起一九〇一年她父亲去世后，她与母亲在斯托克波特的艾本尼堂度过的几个圣诞节。兴建艾本尼堂的是曾任曼彻斯特市市长的詹姆斯·瓦茨爵士，他的孙子詹姆斯·瓦茨娶了阿加莎的姐姐麦琪为妻。在克里斯蒂一九七七年出版的自传里，她这样描述艾本尼堂："对于孩子来说，在这座宅邸里过圣诞节是再好不过的了。它不仅是一幢宏伟的维多利亚时代的哥特式建筑，有许多房间、走廊、意想不到的台阶、前后楼梯、阳台和壁龛——有孩子们所有想要的东西，而且还有三架不同型号的钢琴和一架风琴。"她还在别处这样写道："那些桌子都因摆放了太多的食物，显得热闹与奢华……房子里还有一个开放的储藏室，有各种各样、应有尽有的巧克力和美味佳肴，任何人都可以去享用。"阿加莎不吃东西的时候，经常会和詹姆斯·瓦茨的弟弟汉弗莱比赛——她会跟汉弗莱，以及他的兄弟莱昂内尔、迈尔斯和他们的姐妹南一起玩耍。也许她在写到这篇故事里的孩子们、白雪茫茫的圣诞节乐趣和"屋子里有个活生生的侦探"时，脑子里就回想着当年她的那些玩伴吧。

孤独的神祇

1

他栖身于大英博物馆内的一个架子上,在众多显然更加重要的神祇之中,显得那么孤独而凄凉。在这四壁之间,其他地位崇高的神灵似乎都摆出高高在上、唯我独尊的态势。他们脚下的基座上,镌刻着曾经以拥有他们为荣的国家和民族的名字。他们的地位是毫无疑问的,得到了恰如其分的认可与重视。

只有角落里的这尊小神像被他的同伴们冷落了,远远地离群而居。他是一尊用灰石头制成的小神像,本来就很粗糙,又经过多年的风吹日晒,容颜早已变得难以辨识。他孤零零地坐在那里,双肘撑在膝盖上,双手捧着脑袋——一尊孤独的小神像,身在一个陌生的国度。

没有任何铭文告诉我们他从何处而来。他真的迷失了,荣耀和威名早已荡然无存,他只是一个远在异乡的小可怜。没有人注意到他,没有人为他驻足停留。是啊,有什么必要呢?他不过是角落里一块无关紧要的灰石头而已。在他的两侧,各有一尊墨西哥神祇,经过了岁月的打磨,依旧神色自若地交叠着双手,嘴角流露出冷酷的微笑,公然表现着他们对人类的不屑。还有一尊华丽的小神像,看上去骄横跋扈,紧紧地攥着拳头,显然正沉浸在自命不凡的情绪里。可是经过的人们还是会不时地看他一眼,即使只是笑一笑他那种傲慢的态度，以及他在浅笑中对那两尊墨西哥神像的漠视。

而那尊孤独的小神像，只能无助地坐在角落里，把头埋在双手中，年复一年地坐着，直到有一天，奇迹出现了——他拥有了一个崇拜者。

2

"有我的信吗?"

看门人从信件格上取下一叠信件,粗粗地翻了一遍,然后生硬地说:"没有你的信,先生。"

弗兰克·奥利弗叹着气再度走出了俱乐部。没有他的信也不是什么奇怪的事,很少有人会给他写信。自从今年春天从缅甸回国以来,他就感到自己的孤独感正与日俱增。

弗兰克·奥利弗才刚过四十岁,过去的十八年他都是在世界各地度过的,在此期间,只有短暂的休假会回到英格兰。如今他已结束了浪迹天涯的生活,准备回来好好地过日子。他第一次意识到自己在这个世界上是多么孤独。

是啊,他还有姐姐格丽塔,她嫁给了一个约克郡的牧师,整日忙于教区的事务和养儿育女。她当然很爱她唯一的兄弟,可是她当然也没有多少时间可以留给他。至于他的老朋友汤姆·赫尔利,他娶了一个聪慧可人的女孩子。她精力充沛、效率十足。弗兰克私下里有些怕她。她爽朗地告诉他不可以再做乖僻的单身汉了,然后总是不断地为他介绍"好姑娘"。弗兰克·奥利弗发现他和这些"好姑娘"根本没有话说。她们会坚持一段时间,然后就纷纷毅然决然地舍弃了他。

可他并不是一个不爱交际的人,他非常渴望能拥有志趣相投的朋友。自从回到英国,他发现自己越来越沮丧。他离开得太久,已经变得那么格格不入。他长时间漫无目的地徘徊在街头,苦苦地思索着下一步的打算。

有一天,他信步走进了大英博物馆。他对亚洲国家的古代珍宝抱有浓厚的兴趣,于是他就这样邂逅了那尊孤独的神祇。他立刻被牢牢地吸引住了。他模模糊糊地产生了一种同病相怜的感觉,他和他一样误入了歧途,迷失在一个陌生的地方。从此,他开始习惯性地流连于大英博物馆,只为了在昏暗的角落里找到那个高高的展示架,看一眼那个灰石头凿成的小神像。

"时运不济的小家伙,"他心想,"想当初他大概也是被人奉承过,会有很多人对着他顶礼膜拜、供奉献祭。"

他开始有一种感觉,仿佛这位小个子朋友是他独享的(就像是他的私有财产)。于是,当看到小神像拥有了第二个崇拜者时,他的内心充满怨恨之情。发现这尊孤独的神祇的人是他,不是别人,他觉得他有权利排斥别人。

不过在最初的怨恨一闪而过之后,他不禁莞尔一笑。因为这第二个崇拜者实在是个又弱小又滑稽又可怜的家伙。她的黑色衣裙早已破旧不堪、风光不再。他推测她是个二十出头的年轻姑娘,个子很小,金发碧眼,低垂的嘴角非常忧郁。

她的帽子尤其唤起了他的骑士精神。显然这是她自己装饰的,她已尽了全力,希望它看起来体面一点,然而结果令人伤心。尽管穷困潦倒,但她毫无疑问是一位淑女。他觉得她一定是个家庭教师,而且孤苦伶仃地活在这个世界上。

很快,他发现了她都是每周二和周五来参观的,而且总是在上午十点博物馆刚刚开门的时候就到了。起先他并不喜欢她的打扰，可是渐渐地，这变成了他单调的生活中为数不多的乐趣之一。确实，那个新来的崇拜者迅速地取代了他原来的优先地位，在这尊神像上倾注了更多的感情。在见不到那位他私下里称之为"孤独的小淑女"的日子里，他会觉得怅然若失。

也许她也一样，对他很有兴趣？尽管她很成功地掩饰了这个事实，装成很冷淡的样子。渐渐地，他们俩似乎已经产生了某种伙伴的情谊，尽管他们还没有开口说过一句话。目前的问题在于，我们的这位男士太腼腆了！他告诫自己，她很可能从来都没有注意过他（内心里某个感觉马上指出这是谎话），她会把他当成一个莽撞的人，而且话说回来，他根本不知道该对她说些什么。

可是命运，或者那个小神是很善解人意的，及时地给他送来了灵感——至少他自己是这么认为的。他志得意满，买了一块女用手帕。那是一块他几乎不敢触摸，缀有蕾丝花边的细棉布手帕。好了，武器已经到手了。某天在她正要离开的时候，他尾随而至，在古埃及馆拦住了她。

"对不起，请问这是您的手帕吗？"他原想装成轻快的样子说着，但显然失败了。

孤独的女郎接过了手帕，假装很仔细地看了看。

"不是，这不是我的。"她把手帕交还给他，怀疑的眼神看得他一阵心虚。她又补充道："这块手帕很新，还贴着价格标签呢。"

但是他不愿意承认已经被识破了，只好理直气壮地瞎编了一气："您瞧，我是在那边那个大箱子底下捡到的，就在最远的那个箱脚底下。"这些细节性的描述让他的心里踏实了不少，"您在那儿待过一会儿，所以我就以为是您的，跑过来还给您。"

她又说了一遍:"不是,这不是我的。"然后不太情愿地加了一句,"谢谢。"

对话陷入了令人尴尬的僵局,女孩红着脸难为情地站在那里,显然不知道应该怎样不失尊严地离开。

他豁出去了,打定主意要抓住这个机会。

"我……我本来不知道在伦敦除了我还会有别人关注那尊孤独的小神祇,直到我遇见了你。"

她不顾矜持,急切地问道:"你也这么叫他?"

很显然,听到了他对那尊神像的称呼,她并没有反感。她甚至还产生了强烈的共鸣,而他很温和地说出的那一句"当然",无疑是这世界上最真切的回答!

紧接着又是一阵沉默,不过这次的沉默却是因为心有灵犀。

打破沉默的是那个孤独的女子,她突然回过神来,又想起了那些繁文缛节。

她挺直了身子,把自己有限的身高发挥到了极致,那种故作高贵的姿态与她的小个子形成了近乎可笑的鲜明反差。她冷冷地说道:"我得走了,早安!"她有点儿不自然地颔首致意,保持着挺立的姿势走出了门外。

3

按照一般的认知角度来说，弗兰克·奥利弗应该感到沮丧，可是他的那声遗憾的轻叹却变成了一句喃喃自语："可爱的小姑娘！"

然而他很快就为他的鲁莽而感到后悔了。整整十天，他那小淑女都没有再来博物馆了。他绝望了，他把她吓跑了！她再也不会回来了！他真是蛮横无理的小人！他再也见不到她了！

黯然神伤的他整日徘徊在大英博物馆里。或许她只是改变了参观的时间。很快，他对邻近的展室也都了如指掌了。他打心眼里憎恨那些木乃伊；馆内的警卫怀疑地看着他在那些古代亚述的文书前专注地徘徊了三个钟头；那些欣赏不完的各种年代的花瓶，让他兴致全无、几欲发疯。

可是有一天，他的耐心终于得到了回报。她又来了，脸色比以往都要红润，很努力地表现出从容不迫的样子。

他满脸堆笑地向她打招呼："早上好，好些日子没见了！"

"早上好。"

她冷冷地吐出话来，无情地忽视着他后半句的感叹。

而他已经顾不了那么多了。

"看这里，"他站在她的面前，恳切的眼神让她忍不住觉得他就像一只忠实可靠的大狗,"我们可以交个朋友吗?我孤身一人在伦敦——在这个世界上,我相信你也一样。我们应该成为朋友。更何况,是我们的小神祇把我们介绍到了一起。"

她半信半疑地抬起了头,可她的嘴角却浮现出一丝难以察觉的笑容。

"是他的功劳吗?"

"当然!"

这是他第二次斩钉截铁地给出这个回答。如同上次一样,没有让他失望。片刻之后,女孩用她那依旧高贵的语气说道:"好吧。"

"太棒了!"他粗声粗气地喊道,可是他声音里的某种意味使女孩不禁怜悯地迅速看了他一眼。

就这样,奇怪的友谊建立起来了。每周两次,他们就相聚在这异教徒的神祇殿前。起初,他们的话题全都是围绕着这尊神像的,它仿佛自然而然地变成了他们建立交往的一个幌子、一个借口。关于神祇的来历,他们讨论得不亦乐乎。男人坚称他是一个非常嗜血的神,在他所在的国度,曾经贪得无厌地索取活人祭品,人们都战战兢兢地拜倒在他的脚下。曾经的至高无上与如今的被人忽视形成鲜明的对比,这正是他的悲哀之处。

孤独的女郎完全不认同这样的说法。她坚持认为他是一个仁慈的小神祇,她怀疑他是否拥有过很强的权力。她辩称,如果他曾经那么显赫的话,现在就不至于流落至此、无依无靠。总之,他是一个很好的小神祇,她为之着迷,想到他不得不度日如年地坐在这群令人生畏、目空一切的家伙们之间,备受他们的冷嘲热讽,她就愤恨不已。瞧瞧他们的样子就知道了!她一口气连珠炮似的发出那么多感慨,让她喘得上气不接下气。

讨论完这个话题，他们很自然地开始谈论他们自己。他发现他的判断是对的，她在汉普斯特德的某人家里做家庭教师兼保姆。听她说起那些孩子们，他觉得不是很喜欢他们：五岁的特德，那根本就不能说是淘气，简直活脱脱一个害人精；还有一对让人头疼的双胞胎；至于那个一点儿都不听话的莫莉，娇气得让你完全不能跟她发脾气！

"这些小孩子在欺负你。"他板着脸控诉着。

"才不是呢。"她奋起反驳道，"我对他们非常严格。"

"哦！我的神啊！"他笑着说，结果在她的要求下，又恭敬地为自己的这句话道歉。

她告诉他，她是一个孤儿，在这个世界上无依无靠。

他也逐一把自己的情况告诉她：在自己的主业上，他勤勤恳恳，也取得了一定的成就；而他的副业，则是糟蹋那一块块四四方方的画布。

"当然，我对此完全是个外行，"他解释道，"不过我总觉得，有一天我一定能画出点儿什么来。我素描还是不差的，可是我总想画出一幅真正的佳作。内行朋友曾经告诉过我，说我的技巧还不错。"

她兴致勃勃地催促他继续说下去。

"我相信你画得肯定非常好。"

他摇了摇头。

"没有，最近我试过几次，可每次都是没画几笔，就失望地扔掉了。我总觉得等到时机成熟的时候，好作品应该能一气呵成。这种感觉我很多年前就有了，可是，我好像总是这样，把一切耽误了，现在已经太迟了。"

"没有太迟了这种说法——永远。"小女子以年轻人特有的热情回应道。

他低头向她微笑着说:"你真的这么想吗,小姑娘?对我来说,有些事情的确已经太迟了。"

小女子笑着也给他取了一个绰号,戏称他是玛士撒拉[①]。

他们开始觉得待在大英博物馆里会有一种很奇妙的宾至如归的感觉。那位在各个展室里来回巡视的、尽心尽责的警卫极其机敏,只要一看到这对男女出现了,就会非常识趣地到隔壁的古亚述展室区去守卫。

有一天,男士又大胆迈出了一步,他邀请女孩共饮下午茶。起初她有些犹疑。

"我没有时间。我没有假。有几天早上我可以出来,那是因为孩子们要上法语课。"

"瞎说,"男士答道,"你肯定可以有办法请一天假,就说死了一个姨妈或者远房亲戚什么的,来吧。这儿附近有一家叫ABC的小店,喝茶吃小圆面包,我知道你喜欢的!"

"是啊,就是那种小小的、撒满了葡萄干的!"

"上面还刷着一层糖衣——"

"香甜丰满,美味诱人——"

"总之,"弗兰克·奥利弗一本正经地说,"小圆面包总有一种诱人的魔力!"

事情就这样说定了。当娇小的女家庭教师出现时,为了这个特别的场合,她在腰间别了一支价格不菲的温室玫瑰。

他总觉得她最近看起来有点儿不安,尤其当她今天下午把茶水泼在了小小的大理石桌面上时,这种忧虑更加明显了。

[①]《圣经·旧约·创世纪》中的人物,活到九百六十九岁,长寿者的代名词。

"那些孩子又让你操心了?"他关切地问道。

她摇了摇头,她最近好像特别不愿意提及那些孩子们。

"他们都挺好,我从来没有介意过他们。"

"是吗?"

他体贴入微的语气无疑让她更加难过了。

"哦,真的,从来不是这个原因。可是……可是我真的很孤独,这是真的!"她的语气就像是在苦苦哀求。

他动容地紧接着说:"好的,好的,小姑娘,我知道了——我知道了。"

短暂的沉默后,他轻快地说道:"你瞧,你还没问过我的姓名呢。"

她摆了摆手表示拒绝。

"拜托,我不想知道。你也别问我的名字。我们就是两个孤独的人,萍水相逢,成了朋友。这样也许才是最好的——才是……才是最与众不同的。"

他若有所思地徐徐说道:"好吧,在这个寂寞的世界里,就只有我们两人为伴。"

这种表述与她的说法有点儿出入,她似乎很难再继续这个话题。她只好慢慢地低下头,越来越低,一心埋头于餐盘,只能让他看到她的帽顶。

"这顶帽子很不错。"他试图恢复她的平静。

"是我自己装饰的。"她颇为自豪地告诉他。

"我一眼就看出来了。"他高兴地说着,不知道自己说错了话。

"恐怕没有我想象中那种时髦的样子!"

"我觉得挺可爱的。"他忠诚地说道。

两人再度局促不安起来,弗兰克·奥利弗勇敢地打破了沉默。

"小姑娘,我本不想告诉你,可是我实在忍不住。我爱你。我想拥有你。第一眼看到你穿着那件黑色小外套站在那里的时候,我就爱上了你!我亲爱的小姑娘,如果两个孤独的人走到了一起——那么……那么他们就不用再孤独了。我会有灵感的!非常强烈的灵感!我要画你,我画得出来,我知道我画得出来。哦!我的小姑娘,我不能没有你,真的不能——"

他的小姑娘非常平静地看着他,说出他做梦也没想到会说出来的话。她静静地、清楚地说道:"那块手帕其实是你自己买的!"

他惊讶万分,这证明了女性特有的敏锐洞察力。更令他惊讶的是,她怎么会在这样的场合下回忆起这件事。不过当然,时过境迁,人家或许早就不计前嫌了。

"是的,是我买的。"他谦虚地承认,"我想找个借口跟你说话,你很生气吧?"他怯生生地等待着她的斥责。

"我觉得你太可爱了!"小女子动情地喊道,"你就是那么可爱!"她的语气有些踌躇。

弗兰克·奥利弗用他粗哑的嗓音说道:"告诉我,小姑娘,到底行不行?我知道我是一个丑陋粗鲁的老家伙……"

孤独的女郎打断了他。

"不,你不是!我不希望你改变,任何方面都不希望你改变。我就爱你这个样子,你明白吗?我爱你,不是因为我同情你,不是因为我在这个世界上无依无靠、想要被人爱、被人关心——只是因为你就是——你。现在你明白了吗?"

"真的吗?"他的声音微弱得几乎听不见。

她坚定地答道:"是的,是真的——"

两个人都在震惊中语塞了。

最终他如梦似幻地说:"亲爱的,我们上天堂了!"

"在一家 ABC 小店里!"她噙着泪笑道。

人间天堂是短暂的,小淑女突然惊呼起来。

"我都不知道已经那么晚了!我必须走了。"

"我送你回家吧。"

"不,不,不要!"

在她的坚持之下,他只好放弃了,仅仅陪着她走到了地铁站。

"再见了,亲爱的。"她紧紧地握了一下他的手,这是他事后才意识到的。

"明天就能再见了,"他兴奋地说道,"和往常一样,十点钟。我们到时候就把各自的名字和经历告诉对方吧,以那种最俗不可耐的方式。"

"可是——再见了,天堂。"她喃喃地说。

"天堂永远和我们同在,甜心!"

她向他报以微笑,同时再次重复了那句令人伤感的话。他猜不透她的意思,这使他有些不安。然后,无情的电梯就把她送了下去,她在他的视线里消失了。

4

她最后说的那句话让他感到一种莫名的不安，不过他毫不犹豫地将这种感觉抛到了脑后，满怀期待地憧憬着明天的到来。

十点钟他出现在老地方。他第一次注意到其他的那些神像是多么不怀好意地望着他，仿佛他们已经把一种邪恶的魔力施加在他的身上，因而幸灾乐祸。他明显地感觉到了他们的恶意。

小女子迟到了。她怎么还没来呢？这里的气氛让他有些紧张，他的那个小个子朋友（他们的那个神祇）看起来也是前所未有的绝望无助。一块无助的石头，面对着他自己的绝望。

他的沉思被一个聪明伶俐的小男孩打断了。男孩走过来，从头到脚打量了他一番，审视的结果无疑是令他满意的。他递过来一封信。

"是给我的吗？"

信上没有名字，他接过来，那个聪明伶俐的小男孩就一溜烟似的跑掉了。

弗兰克·奥利弗逐字逐句、难以置信地读完了这封信。这封信很短。

亲爱的，

　　我不能嫁给你，永远不能。请忘了我吧，就当我从来没有闯进过你的生活。如果我伤害了你，请试着原谅我。不要试图找我，因为那没有任何好处。这是真的"再见"。

孤独的女郎

信末还有一句显然是在最后一刻才匆匆写上去的附言：

　　我爱你，我真的爱你。

　　这句一时冲动加上去的附言，在随后的几周内成为他唯一的安慰。不用说，他还是忍不住违背了她"不要试图找我"的恳求，但结果是徒劳的。她消失得无影无踪，让他一点儿寻找的线索也没有。他在绝望中刊登了寻人广告，恳请她至少在不露面的情况下给他一个解释，然而等来的却依旧是一场空。她离开了，再也不会回来了。

　　就在这时，他生平第一次开始动笔画一幅真正的作品。他的技巧一直都不错，而现在，技巧终于与灵感完美地结合了。

　　这幅画使他一举成名。画被挂进了皇家美术学院，被认为是年度最佳作品，这不仅是因为画面的优美动人，也是因为他细腻的笔法和过人的技巧。而画中蕴含的某种神秘感，更引起了公众的强烈兴趣。

　　他的灵感来得很偶然，是杂志上的一篇神话故事激发了他的想象力。

　　这个故事说的是一位幸福的公主，她想要什么就有什么。她表达过她的愿望吗？总是还没开口就已经被满足了。她的欲求呢？也从来不会落空。她拥有的是深爱她的父母、大量的财富、漂亮的衣服首饰、随时准备好满足她的奇思妙想的用人、硬着头皮陪伴着她却还笑脸相迎的女仆。所有一个公主所能期望的，她一样都不缺。最英俊、最富有的王子们一个个都跑来向她献殷勤，劳而无功地努力着想要牵到她的手。为了她，不管叫他们去杀死多少条恶龙，他们都会心甘情愿，只为了证明自己的一片真心。然而，这位公主的孤独感却比全国最贫穷的乞丐还要强烈。

他没有再读下去，他对公主的最终命运并不感兴趣。一个画面已经呈现在他眼前：无忧无虑的公主心中充满了忧伤与孤独。她被幸福淹没了，被奢华的生活束缚得喘不过气来，在应有尽有的宫殿里感到无比的失落。

他充满激情地作画，创作的喜悦让他如痴如醉。

画中的公主被她的追求者们簇拥着，坐在一张沙发椅上。整幅画呈现着绚丽的东方色调，公主的礼服上饰有色彩奇异的刺绣。她的金发披在肩上，头上戴着一顶镶满宝石的王冠。她的女仆们站在她的身旁，那些王子们都跪在她的脚下，手里捧着贵重的礼物。整个场面显得非常气派、奢华。

但是公主却把脸转向了一边，对这欢乐的气氛完全无动于衷。她把目光投向了一个阴暗的角落，在那里，有一件东西看上去格格不入：那是一个灰色的石头小神像，脸埋在手里，显得异常绝望。

他为什么显得那么格格不入？年轻的公主用奇怪的、认同的眼神注视着他，仿佛在这一瞥之间看到了她自己的孤独。情感难以压抑，他们俩同病相怜。整个世界都在她的脚下——她却那么孤独：一个孤独的公主凝视着一个孤独的神祇。

这幅画成了整个伦敦街谈巷议的焦点。格丽塔在百忙中从约克郡给寄来他几行字的道贺信；汤姆·赫尔利的太太恳请弗兰克·奥利弗"过来度个周末，来会会一个真的很好的姑娘，她仰慕你的作品"。弗兰克·奥利弗不屑地笑了笑，把信扔到了壁炉里。他的事业成功了——可这有什么用呢？他只想要一样东西——那个再也不会回到他身边的孤独的小女子。

5

在皇家阿斯科特赛马会的金杯决赛日,大英博物馆里某个特定区域内的警卫揉了揉自己的眼睛,怀疑自己是在做梦。因为他仿佛看到一个不期而至的阿斯科特幻景:只见一个真正的仙女,穿着蕾丝上衣,戴着惊艳绝伦的帽子——这样美丽脱俗的形象,只有巴黎的天才才想象得出来,警卫着迷地看着,目光里充满了赞赏。

孤独的神祇也许并没有那么惊讶,在某种意义上,他也许仍然是一个威力十足的小神祇,至少他召回了自己的一个崇拜者。

孤独的小女子端详着他。她微启双唇,低声道:"亲爱的神啊,哦!我亲爱的神啊,请帮帮我吧!哦,请帮帮我吧!"

也许这个小神祇非常满意于她的笃信;也许他真的如弗兰克·奥利弗想象中曾经是一个凶恶贪婪的神,被千百年来的岁月和文明洗礼,融化了他的铁石心肠;也许那个孤独的小女子说的才是对的,他一直就是个仁慈的小神祇;也许,这仅仅是一个巧合。不管是因为什么,就在这一刻,愁容满面的弗兰克·奥利弗缓步走进了古亚述展室的大门。

他抬起头来,看见了巴黎天才们想象中的仙女。

说时迟那时快,他一把抱住了她。她结结巴巴地将心声一吐为快。

"我太孤独了——你一定都知道了,你一定读过了我写的那个故事,而且看懂了,否则你不会画出那幅画。我就是那个公主,我拥有一切,可是我的孤独却远不是言语所能描述的。有一天,我要去找人算命,我借了我女仆的衣服。我信步走进了这里,看到你注视着那个小神祇。事情就这样开始了。我骗了你——哦,我多么可恨啊,我一直在骗你,到了后来,我就不敢再向你坦白了。我向你撒了这样一个弥天大谎。我觉得你一定会讨厌我,因为我欺骗了你。我不敢让你发现真相,所以我只好逃走。然后我就写了那个故事。昨天,我看到了你的画,那是你画的,不是吗?"

只有神才真正懂得什么叫作"忘恩负义"。我们孤独的小神祇也许很明白,知恩不报是人性的阴暗面。作为神祇,他有着特殊的机会来留意到这一点,于是他做出了自己的努力。他曾经被供奉过数不清的祭品,现在应该轮到他来奉献些什么了。他为一个陌生的地方献上了他仅有的两个崇拜者,这使他感到自己俨然已经成为一个伟大的小神祇,因为他已经献出了他所拥有的一切。

他从指缝间看着他们手牵着手、头也不回地走掉了。两个幸福的人儿已经找到了他们的人间天堂,再也不需要他了。

他算什么,不就只是身在异乡的一个孤独的神祇吗?

后记

《孤独的神祇》最初发表于一九二六年七月的《皇家杂志》上。这是克里斯蒂为数不多的纯情感故事，她本人认为本作"充满了令人遗憾的伤感"。

然而，有意思的是，这个故事预见了克里斯蒂对于考古学持续终生的兴趣。她曾经在给一九七三年为慈善机构出版的《迈克尔·帕金森的忏悔录》这本书籍提供的稿件中证实，考古学是她最喜欢研究的学问。通常更引人关注的是，对于考古学的兴趣引领她结识了她的第二任丈夫，著名的考古学家马克斯·马洛温。二战之后的许多年内，她和马洛温都在叙利亚的尼姆鲁德度过春天。而克里斯蒂自己也记述过一九三七至一九三八年间在布拉克墟丘的考古生活，即一九四六年出版的《情牵叙利亚》。这是一本兼具知识性和娱乐性的考古指南书，同时还能发现克里斯蒂个性的其他侧面。她在考古活动期间没有动笔写过小说，但是这些生活经历为她的多部长篇小说提供了素材，包括波洛系列一九三六年出版的《古墓之谜》、一九三七年出版的《尼罗河上的惨案》、一九三八年出版的《死亡约会》，以及同样精彩的一九四四年出版的《死亡终局》。《死亡终局》这部小说的时代背景是公元前两千多年的古埃及。

马恩岛的黄金

前言

《马恩岛的黄金》不是一篇普通的侦探小说。实际上，它确实很特别。虽说故事里的侦探平凡无奇，但面对着手段残忍的谋杀命案，杀人犯的身份却并不是他们关心的重点。他们更感兴趣的，是根据一系列的线索，寻找那些隐匿的财宝。关于这些财宝的存在，从未见于任何出版物的记载！显然，有必要在这里做一些相关的介绍……

一九二九年冬，阿瑟·B.柯鲁克尔突然想到一个新奇的主意。柯鲁克尔是"六月工程委员会"的主席，这个组织致力于推动马恩岛当地旅游业的发展。马恩岛上有很多关于走私者的传说，以及那些早已被人遗忘的财宝故事。柯鲁克尔的主意就是在此基础上，设计一个寻宝活动。将会有一批真正的财宝藏在岛上，寻找它们的线索将隐藏在一篇侦探小说里。尽管有些委员对此想法持保留意见，但还是被说服了。委员会同意将"马恩岛寻宝计划"推出的时间定在假期之初，与很多其他的年度活动，比如第二十四届国际游客奖杯机车赛、玫瑰皇后加冕典礼、午夜赛舟同时进行。

可是柯鲁克尔必须找到人来写出这个以寻宝活动为脚本的故事。还有谁比阿加莎·克里斯蒂更合适的呢？也许有点儿出人意料，仅仅六十镑的酬劳，克里斯蒂就一口答应下来，这是她收到的最不同寻常的邀稿了。她于一九三〇年四月底到访马恩岛，在总督[①]府邸小住了几日，随后返回了德文郡，探望在那里养病的女儿。克里斯蒂与柯鲁克尔花了几天的时间来讨论这个寻宝活动，游历了各个景点，确定了藏宝的位置，以及给出线索的方式。

最终定稿的故事《马恩岛的黄金》分五期，于五月底开始，陆续刊登在《每日电讯》上。委员会选择在曼彻斯特发行的《每日电讯》，大概是他们认为它是潜在的英国游客最可能阅读到的报纸。此外《马恩岛的黄金》还印制了二十五万本小册子，分发到岛上的各大宾馆与饭店。五条线索各自刊登出来（其地点在文中用"+"号标出）。随着第一条线索公布的日期日益临近，"六月工程委员会"开始呼吁岛上的每一位居民"齐心协力，尽可能地扩大寻宝活动的公众影响"，因为更多的旅游者就意味着更多的旅游收入。寻宝活动还吸引了数百位"归侨"。他们是从马恩岛移民美国的人们，在六月份作为贵宾回到了故乡。当时的宣传语称，这是"业余侦探们检验自己破案技巧的绝佳机会"。为了能与故事里的胡安和费妮拉较量，读者被告知——最好能像他们一样——带上"几张详尽准确的地图，几个不同版本的马恩岛旅行指南，一本民俗读本，以及一本马恩岛的历史书"。关于这些线索的解答，将在故事结尾处揭晓。

---

①原文为副行政长官，因为马恩岛属于英国的海外自治领土，名义上的行政长官是英国君主，而代表君主的总督，其正式称谓即为副行政长官。

1

老麦勒夏伦快乐无比,他的家紧邻悬崖峭壁,
就在那吉尔比的山坡之上,远离马恩岛的林地。
千里光与金雀花在他的田地里金光四溢。
他的女儿,多么动人,多么美丽。

哦,父亲,他们说你的财宝数以万计,
却都被你,藏得踪影难觅,
我不见黄金,只见金雀花金光熠熠,
请告诉我吧,你把黄金藏在哪里?

我把黄金,锁在橡木箱里,
把它扔到水中,让它沉到海里,
船锚一样岿然不动,给你希冀,
这样的银行万无一失,闪闪金光照耀海底。

"我喜欢这首歌。"当费妮拉唱完时,我赞赏地对她说。
"你应该喜欢,"费妮拉说,"它说的就是我们共同的祖先:你的和我的,他是迈尔斯叔叔的祖父。通过走私,他聚敛了一大

笔财富，藏在某个地方。没有人知道藏在哪儿。"

费妮拉很看重自己的家谱，对她的历代祖先都有兴趣。而我，则有典型的现代人倾向，举步维艰的现实生活和充满不确定性的未来让我疲于奔命。但是我喜欢聆听费妮拉吟唱马恩岛的古老歌谣。

费妮拉很迷人，她是我的表妹，有时候也是我的未婚妻。在经济状况比较乐观的时候，我们就会维持婚约；反之，当悲观的情绪席卷而来，让我们意识到至少在十年内都没有可能完婚的时候，我们就只得放弃婚约。

"有人试着寻找这些财宝吗？"我问道。

"当然有啊，可是都一无所获。"

"也许他们并没有用科学的方法。"

"迈尔斯叔叔曾经兴高采烈地尝试过，"费妮拉说，"他说对于任何一个有一定才智的人来说，都能轻而易举地解决这样的小问题。"

这听上去很像是我们迈尔斯叔叔说的话，他是一个孤僻古怪的老先生，住在马恩岛上。他也是一个非常喜欢说教的人。

就在此时，邮件送来了——是一封信！

"我的天啊，"费妮拉叫道，"真是不能乱提别人的名字——呃，我是说，死人的名字——迈尔斯叔叔去世了！"

我们俩一共只见过我们这位古怪的亲戚两次，所以我们不会装出有多么伤心的样子。信是由马恩岛首府道格拉斯的一家律师事务所寄来的，向我们宣布了已故的迈尔斯·麦勒夏伦先生的遗嘱。费妮拉和我被共同指定为他的遗产继承人，其遗产包含了道格拉斯附近的一所宅子，以及一笔相当微薄的收入。此外还附了一个密封的信笺。麦勒夏伦先生要求律师在他去世后将此信转交给费妮拉。我们拆开信封，看到了令人吃惊的内容。我现在就原原本本地把整封信列在下面，因为它确实是份非常特别的文件。

我亲爱的费妮拉与胡安（我之所以这样称呼，是因为你们形影不离。至少我听到的传言是这么说的）。你们应该记得，我曾经说过：对于任何一个有一定才智的人来说，都能轻而易举地解决我那个亲爱的无赖祖父所遗留的财宝问题。我有才智——我的奖赏就是四箱货真价实的黄金。真是一个神话般的故事，不是吗？

如今我依然在世的亲戚，只剩下四个了：你们俩；我的外甥伊万·柯热尔，我一直听说他是个彻头彻尾的浑蛋；还有我的一个表亲费尔博士，关于他的事我听说得很少，不过也都不是什么好事。

我把我的财产留给了你们俩，但是我觉得，我有义务处理那些"财宝"，它们是完全依靠我个人的才智获得的，我觉得我那亲爱的祖父一定不会满意于我那么轻易地就把它们当作遗产传下去。所以，现在轮到我来设计一个小小的难题了。

现在仍然有四"箱"财宝（尽管比起金币和金块，它们的形态要现代化得多），有四位竞争者——就是我仅有的还在世的四位亲戚。把这四"箱"财宝分别指定给你们四位似乎是最公平的做法——可是孩子们，这个世界本来就是不公平的。这个竞赛比的就是速度——还很可能需要不择手段。

我有什么能力违背人的天性呢？你们俩必须与那两个人比拼才智，我担心你们不会有多少胜算。善良与清白在这个世上很少能够赢得回报，我深深地感到我必须小小地作弊一下（请注意，我再说一遍：这个世界本来就不公平）。这封信寄给你们的时间要比寄给其他两位的早二十四小时，因此你们将有很大的把握得到第一件"财宝"——整整二十四小时的优势，只要你们是有脑子的，这应该足够了。

　　寻找这些财宝的线索就在我位于道格拉斯的家里。只有当第一件"财宝"被找到之时，第二件财宝的线索才会公布。因此，从第二件财宝开始，你们都要重新站在同一起跑线上。我衷心希望你们能够成功。最能让我高兴的，莫过于你们俩能获得全部的四"箱"财宝。但是如前所述，我也感到这样的可能性是很小的。记住，亲爱的伊万做事不择手段，在任何时候都不要错误地给予他任何信任。至于理查德·费尔博士，我很不了解他，不过我觉得他将会是一匹黑马。

　　祝你们俩好运，尽管我不太看好你们会成功。

你们亲爱的叔叔，

迈尔斯·麦勒夏伦

　　当我们读到签名的时候，费妮拉从我身边一跃而起。

　　"怎么了？"我叫道。

　　费妮拉飞快地翻着一本列车时刻表。

　　"我们必须尽快赶到马恩岛。"她叫道，"他怎么敢这么说，说我们善良、清白、愚蠢？我非要证明给他看！胡安，我们要找到全部四'箱'财宝，然后就结婚，从此过上幸福的生活，与劳斯莱斯小汽车、成群的男仆和大理石浴室为伴。而现在，我们必须立刻赶到马恩岛。"

2

二十四小时后,我们抵达了道格拉斯,与律师面谈后,来到莫赫尔德宅,面对的是已故叔叔的管家斯基利康太太。她是一个有点儿令人生畏的女人,不过在满腔热忱的费妮拉面前,她变得温和了。

"他一直很古怪,"她说,"喜欢把每个人都弄得一头雾水、不知所措。"

"请问那些线索在哪儿呢?"费妮拉叫道,"线索!"

斯基利康太太故意在做完了所有的事情之后才离开房间。几分钟后,她拿着一张折起来的纸回来了。

我们急切地打开了这张纸,里面是我们的叔叔用他那潦草的字迹写的一首小诗:

> 罗盘上面四个点
> 那是西北与东南
> 东风太劲人兽远
> 南北西边去转转

"哦!"费妮拉茫然地说道。

"哦！"我的语气和她差不多。

斯基利康太太有点儿阴郁地对我们微笑着。

"意思不太明确，是吗？"她善意地问道。

"这……我不知道该从何处开始。"费妮拉无助地说。

"开始。"我故作轻松地说道，"万事开头难，只要我们走上正轨就好了——"

斯基利康太太笑起来更冷酷了，她真的是一个令人沮丧的人。

"你能帮帮我们吗？"费妮拉用甜言蜜语央求道。

"我对这种无聊的事情一无所知，你们的叔叔从来不告诉我什么事情。我告诉他把钱放在银行里，可是他根本置之不理。我从来不知道他心里怎么想的。"

"他从来没有带着什么箱子——或者类似的东西出门？"

"从来没有。"

"你知道他藏过什么东西吗——不管是最近还是很久以前？"

斯基利康太太摇了摇头。

"那么，"我试着鼓起勇气说道，"那么就有两种可能性：要么这些财宝就藏在这里，在这幢房子里；要么就是藏在岛上别的地方。这当然取决于宝物的体积。"

费妮拉灵光一现。

"你有没有注意到少了什么东西？"她说，"我的意思是我叔叔的东西。"

"嗯，很奇怪你为什么要问这个的——"

"那么真的有？"

"我就说嘛，真奇怪，你怎么想到的。鼻烟盒——至少有四个鼻烟盒我怎么都找不着。"

"四个！"费妮拉惊呼道，"那就对了！我们走上正轨了，那我们去花园里看看吧。"

"那里不会有的，"斯基利康太太说，"如果有的话我肯定知道，你们的叔叔不可能瞒着我在这个花园里埋藏任何东西。"

"线索里提到了罗盘上的几个点，"我说，"我们首先需要一张马恩岛的地图。"

"书桌上就有一张。"斯基利康太太说。

费妮拉急切地打开地图，有东西掉出来，被我捡了起来。

"嗨！"我说，"这似乎就是更进一步的线索。"

我们急忙仔细地查看起来。

这是一张很粗略的地图，图上有一个十字标记，一个圆形标记，一个指向箭头，还有大致的方向指示，除此之外就看不出什么了。我们默默地看着。

"没有什么启发，是吗？"费妮拉说道。

"当然是要靠推理出来的。"我说，"我们不可能指望答案会直接跃入我们的眼帘。"

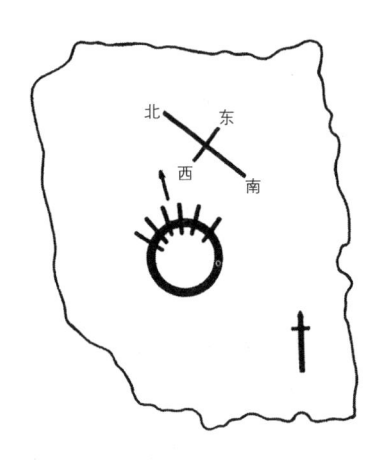

斯基利康太太打断了我们,提议是否可以吃晚餐,我们感激地同意了。

"请为我们准备一点儿咖啡好吗?"费妮拉问,"多一些、浓一点的——黑咖啡。"

斯基利康太太为我们准备了丰盛的一餐。餐后,一大壶咖啡被端到我们面前。

"现在,"费妮拉说,"我们得工作了。"

"首先,"我说,"就是方向。这个好像是指马恩岛的东北方向。"

"看上去是这样,让我们再来看看地图吧。"

我们认真地研究地图。

"这取决于你如何理解这些标记的意义,"费妮拉说,"这个十字标记代表财宝吗?或者代表的是教堂?应该有规律可循才对!"

"那不是太容易了吗?"

"我想也是。为什么这些线条画在圆形标记的这一侧,而不是另一侧?"

"不知道。"

"这里还有别的地方的地图吗?"

我们坐在书房里。这里有几张详尽准确的地图,几种不同版本的马恩岛旅行指南,一本民俗读本,以及一本马恩岛的历史书。我们把这些书通读了一遍。

最终我们得出了一个相当肯定的结论。

"这个地方看起来很吻合。"费妮拉最后说道,"我看结合了这两者的地方应该是绝无仅有的。"

"总之这个地方值得一试。"我说,"我觉得今天晚上我们没什么可做的了。明天我们首先就租一辆小汽车,去那里试试运气。"

"现在已经是明天了。"费妮拉说,"已经两点半了!真离谱!"

3

第二天一早我们就上路了。我们租了一个星期的小汽车，由我们自己驾驶。在路况极佳的公路上驶了一程又一程，随着车速越来越快，费妮拉的热情也高涨起来。

"如果没有那两个家伙，寻宝将是多么有趣啊。"她说道，"这儿是德比郡赛马会最早的发源地，不是吗？是后来才迁往埃普索姆的。想想也真够奇怪的！"

我让她把注意力转向一所农舍。

"这里应该就是据说有一条秘密通道，从海底穿过，通往那个小岛的地方。"

"太有趣了！我喜欢秘密通道，你喜欢吗？哦，胡安，我们马上就要到了，我真兴奋，我们可能真的是对的！"

五分钟后，我们已经下车。

"所有一切都很吻合。"费妮拉颤抖着说。

我们走了过去。

"是有六个——这就对了。就在这两个之间吧，你带罗盘了吗？"

五分钟后，我们面对面地站着，喜悦之情溢于言表——在我伸出的手掌上，躺着一个古董鼻烟盒。

我们成功了!

我们回到莫赫尔德宅时,斯基利康太太告诉我们另外两位先生已经到了。其中一位已经离开,另一位正在书房里。

我们一进屋,就看见一个高高大大、仪表堂堂、面色红润的人笑容可掬地从扶手椅中起身。

"法拉克先生和麦勒夏伦小姐?很高兴认识你们,我是你们的远房亲戚费尔博士。很有意思的游戏,不是吗?"

他举止斯文,让人很舒服,可是刚见面我就觉得我不喜欢这个人。我有一种感觉,这是一个危险人物。他令人愉快的举止有点儿……太让人舒服,而且他的双眼从来不正眼看着你。

"恐怕我们有一个坏消息要告诉你。"我说,"麦勒夏伦小姐和我已经发现了第一件'财宝'。"

他面不改色地接受了这个事实。

"真是个坏消息——坏极了。这里的邮政系统真奇怪,巴福德和我都是立刻出发的。"

我们没敢坦白迈尔斯叔叔的作弊行为。

"不管怎样,从第二轮开始我们都将站在同一起跑线上。"费妮拉说。

"太棒了,我们现在就研究线索吧?我想线索是在你们能干的斯基利康太太手上吧?"

"现在公布线索对柯热尔先生不公平,"费妮拉不假思索地答道,"我们必须等到他来。"

"对啊,对啊——我忘了。我们必须尽快联系到他,我去找他吧——你们一定很累了,需要休息一下。"

他说走就走。伊万·柯热尔一定是异乎寻常的难找,因为直到深夜十一点费尔博士才按响了门铃。他说他和伊万将于第二天上午十点来到莫赫尔德宅,届时斯基利康太太就可以公布线索了。

"太好了,"费妮拉说,"明天上午十点见。"

我们又疲惫又高兴地上床去睡了。

4

第二天一早我们是被斯基利康太太唤醒的,完全失去了她平日里的冷静和无动于衷。

"你们觉得怎么回事?"她气喘吁吁地说,"有人昨晚闯进来了。"

"有盗贼?"我将信将疑地喊道,"有东西被偷了吗?"

"没有——怪就怪在这里!他们一定是冲着银器来的——不过那扇门从外面锁起来了,他们进不来。"

费妮拉和我陪着她来到案发现场,那里就是她的起居室。窗户无疑是被撬开了,可是似乎什么也没丢,这实在非常奇怪。

"我真的看不出他们要偷什么。"费妮拉说。

"屋子里也没藏着什么'财宝箱子'啊。"我笑着同意道。突然间我想起了什么,转头向斯基利康太太说:"线索——你今天上午要给我们看的线索还在吗?"

"怎么了,当然在啊——它们在最上面那个抽屉里,"她说着走了过去,"怎么会——我敢说——现在没了!什么东西都不见了!"

"不是盗贼,"我说,"而是我们可敬的好亲戚!"我想起了迈尔斯叔叔的忠告,他说这将是一场不择手段的竞赛,显然他很有先见之明。无耻的骗子!

"嘘!"费妮拉伸出手指说道,"那是什么声音?"

她所说的声音清楚地传入了我们的耳朵,那是从外面传来的呻吟声。我们来到窗前,探出头去,屋子这一边的窗下长着一片灌木丛,我们什么也看不见。又一阵呻吟声传来,我们这次发现灌木丛有被践踏的迹象。

我们急匆匆地跑下楼去,绕到屋子后面,首先看到了一架梯子倒在地上,这就是窃贼爬到窗口所用的工具。再多走几步,就来到了一个躺在地上的男人跟前。

这是一个皮肤黝黑的年轻人,显然受了重伤,他的头部浸在一片血泊之中。我屈膝俯在了他的身旁。

"我们必须马上叫个医生来,他恐怕已经快不行了。"

园丁匆匆忙忙地跑了出去。我将手伸进他胸前的口袋,取出一个笔记本,上面有 EC 两个缩写字母。

"伊万·柯热尔。"费妮拉说。

那个人的眼睛睁开了,他喃喃地说:"从梯子上摔下来了……"然后再次失去了意识。

在他的头部旁边,有一块形状很不规则的大石头,血迹斑斑。

"很明显。"我说,"梯子倒了,他掉了下来,头部重重地撞在了这块石头上。恐怕他已经死了,可怜的家伙。"

"你真的认为是这样?"费妮拉用一种奇怪的语气说道。

就在此时医生到了。他认为这个人已经没救了。伊万·柯热尔被转移到屋子里,一个护士过来照顾他。一切都无能为力了,几个小时内他就将离开人世。

我们来到了他的床边,他微微地睁开了眼睛。

"我们是你的表亲胡安和费妮拉。"我说,"我们可以为你做些什么吗?"

他虚弱地摇了摇头,气若游丝地说着些什么。我弯下腰,凑了过去。

"你们想要线索吧?我已经不行了。别让费尔得逞。"

"是的。"费妮拉说,"你说吧。"

他的脸上浮现出一种类似微笑的表情。

"你可认得——"他开口了。

突然间他的脑袋歪向一边,死了。

5

"我不喜欢这样。"费妮拉突然说道。

"你不喜欢什么?"

"听着,胡安。伊万偷了那些线索——他说他从梯子上摔下来了,可是线索在哪里?我们已经翻遍了他的口袋。斯基利康太太说应该有三个密封的信封,可是根本没有。"

"那你觉得是怎么回事呢?"

"我觉得还有一个人在里面捣鬼。他拉动了梯子,伊万才摔下来。还有那块石头——他根本没有落在上面——那是从很远的地方搬来的石头,我看得出迹象。有人故意用石头砸了他的脑袋。"

"但是费妮拉——那可是谋杀!"

"是的。"费妮拉脸色苍白地说,"那就是谋杀。别忘了,费尔博士根本没有在今天上午十点钟出现过,他去哪儿了?"

"你觉得他就是凶手?"

"是的,你很清楚——那些财宝意味着一大笔钱,胡安。"

"现在我们不知道去哪里能找到他。"我说,"可惜柯热尔没能把他要说的话讲完。"

"有件东西可能还有用,这是我从他手里发现的。"

她递给我一张被撕掉的照片。

"这可能是线索之一,凶手从他手里抢走的时候,没有注意

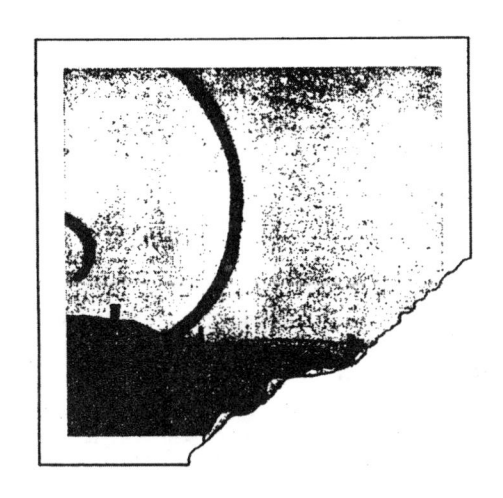

到最下面的那一页还缺了一角,如果我们能从他手上拿来其他部分就好了——"

"开始吧。"我说,"我们必须找到第二件财宝,我们先看看这张照片吧。

"嗯。"我说,"边上没什么东西,圆圈中间似乎是一座塔,可是这样的地方很难确认。"

费妮拉点点头。

"费尔博士拿到的是更加关键的一部分,他知道该去哪里寻找。胡安,我们必须找到他、跟踪他。当然,我们绝不能让他起疑心。"

"我真想知道此时此刻他到底在岛上的什么地方,只要知道就好了——"

我的心思又回到了刚才那个濒死之人所说的话,突然我兴奋地坐了起来。

"费妮拉。"我说,"柯热尔不会是苏格兰人吧?"①

"不是,当然不是。"

"那你还看不出来吗?我是说,你明不明白他所说的意思?"

"什么意思?"

我在一张纸上草草地写下了几个字,扔给了她。

"这是什么?"

"公司的名字,对我们或许有所帮助。"

"贝尔曼与特鲁,他们是谁?律师?"

"不是——他们比较像是我们的同行——私家侦探。"

然后我向她详细地作了解释。

---

① 前文柯热尔的临终遗言"你可认得"的原文(D'ye ken)是根据苏格兰、坎伯兰一带的方言发音方式拼写的,所以文中的胡安有此问。

6

"费尔博士要见你们。"斯基利康太太说。

我们俩面面相觑。二十四小时之后,我们已经第二次取得了成功,并凯旋而归。为了避免引起注意,我们出去时坐的是一辆开往斯内山的旅游巴士。

"你说他知不知道我们远远地看见他了?"费妮拉喃喃说道。

"真是不可思议啊,要不是那张照片给了我们提示——"

"嘘——说话要小心,胡安,看到我们用智谋获得胜利,他肯定气炸了。"

然而,博士的外表丝毫没有显露出这样的迹象。他依然斯文有礼、风度翩翩地走进屋内,让我对费妮拉的推论失去信心。

"多么令人震惊的悲剧啊!"他说,"可怜的柯热尔。我猜他是想要抢先我们一步。多行不义必自毙啊。唉,唉,我们都不怎么了解他,可怜的家伙。你们一定很奇怪今天早上我为什么没有如约现身吧?我收到了一张骗人的字条——我想是柯热尔的诡计——害得我在岛上白跑了一圈。现在你们俩又不费吹灰之力,成功回来了,你们是怎么做到的?"

他的声音中有一丝迫不及待、急切询问的意味,这没有逃过我的耳朵。

"庆幸的是，伊万表亲在去世前留下了遗言。"费妮拉说。

我看着他，我敢发誓，我看到他的眼神突然警觉了起来。

"呃——呃，他说什么了？"他说。

"他只来得及把藏宝地点的线索告诉了我们。"费妮拉解释道。

"哦！我懂了——我懂了。我完全是徒劳一场——不过我还是很好奇，我自己也在那边，你们可能见到我在那里到处徘徊了吧。"

"我们一直忙着呢。"费妮拉满怀歉意地说。

"当然，当然，你们一定是多少有点儿偶然地发现了它。真是幸运的年轻人，不是吗？好啦，接下来是什么节目呢？新的线索还是由斯基利康太太来揭晓吗？"

第三份线索放在律师那里。我们三个都来到了律师的办公室里，拿到了信封。

信封里的东西很简单。有一张作了标记的特定区域的地图，还有一张纸，附上方位指示：

> 在八五年这里创造了历史，
> 十步，从纪念碑开始
> 往东然后等距走十步
> 往北，站在这里，
> 往东看去，有两棵树
> 就在你视野中，其中的一棵
> 是神圣的本岛象征，
> 画圆圈为五英尺半径
> 围绕西班牙栗树
> 低头仔细地看，你就会找到。

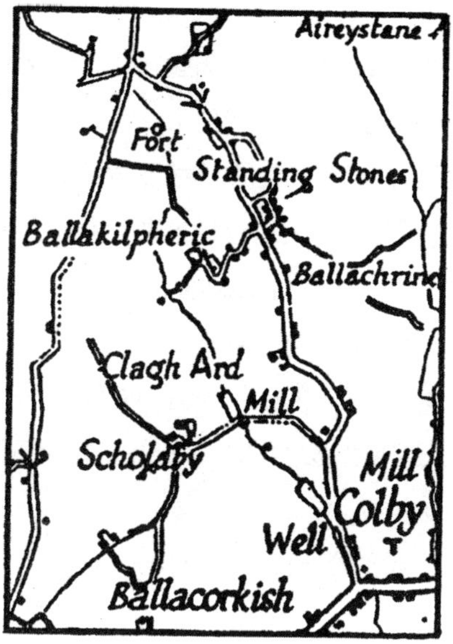
Aireystane
Fort
Standing Stones
Ballakilpheric
Ballachrin
Clagh Ard
Mill
Scholaby
Mill
Colby
Well
Ballacorkish

"看来我们今天免不了要互相踏着对方的足迹寻觅了。"博士发表了他的意见。

为了表示我友善的原则,我邀他搭我们的车同往,他欣然接受。我们在伊林港共进了午餐,然后出发开始搜索。

我思忖着迈尔斯叔叔将这份线索交付给律师保管的原因。难道他预见到了窃贼的出现?他是否早就确定最多只会有一条线索落入窃贼之手?

这天下午的寻宝过程充满了幽默意味。搜索的范围有限,我们经常抬头不见低头见。我们都满腹狐疑地望着对方,想搞清楚对方是否已经有所进展,或者找到了灵感。

"这都是迈尔斯叔叔安排的。"费妮拉说,"他就希望我们互相监视彼此,忍受着对方是否已经抢先一步的煎熬。"

"来吧,"我说,"让我们用理性的方法吧。我们已经得到了明确的线索,'在八五年这里创造了历史',查一下我们的参考书,看看能不能找到突破口。一旦查到就好了——"

"他正在那道篱笆那边找呢。"费妮拉打断了我,"哦!我受不了了,如果他找到了——"

"听我说。"我平静地说,"只有唯一的方法能找到财宝——就是正确的方法。"

"这个岛上根本就没有多少树,直接去找一棵栗子树岂不是更容易!"费妮拉说。

我直接跳到一小时之后吧。我们又热又沮丧,始终忍受着痛苦的煎熬,生怕费尔突然取得了成功,宣告我们的失败。

"我记得我曾经读过的一本侦探小说。"我说,"里面有个人把一张写满字的纸浸在酸性溶液里,结果其他所有的文字都显现了出来。"

"你是想……可是我们没有酸性溶液啊！"

"我觉得迈尔斯叔叔不会苛求我们有化学专家的本事，不过有简单的办法，比如在花园里就地取火——"

我们溜到了某个树篱的角落，片刻后便点燃了一堆小树枝。我尽可能小心地把那张纸凑近火焰，几乎马上就看到纸的末端有字迹。只有两个词语。

"柯克希尔火车站。"费妮拉读道。

就在这时，费尔也走到了角落处，我们不知道他有没有听见，他表现得若无其事。

"可是胡安。"等到他走远了，费妮拉开口道，"这里没有什么柯克希尔火车站啊！"她晃了晃地图说。

"是没有。"我边说边看着地图，"可是你看这儿。"

我拿起铅笔，在地图上画了一条线。

"有道理！应该就在这条线上的某个地方。"

"理应如此。"

"可是我们还是不知道具体是哪一点。"

就在此时，脑海里又浮现另一道灵光。

"我们知道的！"我大叫着，说着我再次抓起了铅笔，"你看！"

费妮拉叫出了声。

"我真是个白痴！"她喊道，"太不可思议了！太会骗人了！真的，迈尔斯叔叔是一个绝顶聪明的老头儿！"

7

现在是最后一条线索出现的时候了。这一次,律师告诉我们,线索不在他的手上。他将会寄出一张明信片,有人收到后就会把线索寄给我们。除此之外他没有透露更多的信息。

然而,就在这封信应该到达的那天早上,我们空等了一场。费妮拉和我饱受煎熬,我们相信费尔不知怎的设法阻截了我们的信。结果第二天,我们收到了一封字迹潦草、拼写错误连篇的来信时,我们才不再感到担心。

亲爱的先生或女士,
很抱歉迟到了。最近七七八八一片混乱,麦勒夏伦先生要我把这张字条寄给你们,它在我们家放了好多年了。他有什么用意,我不知道。
谢谢你们,玛丽·克鲁伊什

"寄出地的邮戳——是布莱德。"我说,"现在让我们来看看这张'在我们家放了好多年'的字条吧。"

在一块石头上,你看

告诉我那标记突出

是什么？好，先在（A）旁

找找看，突然的灯光，

然后是（B），一间屋子，

有茅草屋顶和墙壁

附近有条羊肠小道，就这些。

"从一块石头开始也太不公平了。"费妮拉说，"遍地都是石头，谁知道哪块是有标记的？"

"如果我们能够选定某个区域。"我说，"应该会很容易找到那块石头，上面肯定会有标记指出一个明确的方向，循着那个方向，我们可以找到某个隐藏的东西，它会像亮光一样，指引我们找到财宝。"

"我想你说得没错。"费妮拉说。

"之前说的就是 A，这条线索将提示我们哪里可以找到 B，就是那个屋子。财宝应该就藏在沿着屋子旁边的羊肠小道上。可是我们当然先要找到 A。"

第一步就如此困难，迈尔斯叔叔设置的最后一个难题证明是一场真正的斗智。费妮拉满脑子都想着要解开这个谜——甚至将近一周过去了，她依然没法解决。我们到处找石头的时候，有时会碰到费尔，但是范围太大了。

当我们终于有所发现的时候，已经是某个深夜了。我说时间太晚了，要去那个地方不太方便，可是费妮拉不同意。

"万一费尔也想到了呢？"她说，"如果我们等到明天才去，而他今天晚上就去了，到时候我们会恨死我们自己的！"

突然间，我想到了一个绝妙的主意。

"费妮拉,"我说,"你还确信是费尔杀害了伊万·柯热尔吗?"

"当然。"

"那么我觉得我们现在有机会将他绳之以法。"

"这个人让我感到战栗,他是个彻头彻尾的坏蛋。告诉我吧。"

"宣布说我们已经找到了A。然后出发,八九不离十他会跟着我们。那个地方很偏僻——正合他意。只要我们假装发现了财宝,他一定会现出原形。"

"然后呢?"

"然后,"我说,"他会得到一个小小的惊喜。"

8

午夜将至,我们将车子停在远处,沿着一面墙匍匐前行。费妮拉用上了她那支高亮度的手电筒。我自己带着一把左轮手枪,我绝不能掉以轻心。

突然间,费妮拉轻呼一声,停下了脚步。

"看哪,胡安。"她喊道,"我们终于找到了。"

就在那一刻,我放松了警惕,本能地转过身去——可是已经太迟了,费尔站在六步之外的地方,我们俩都在他手枪的射程之内。

"晚上好。"他说,"我要耍赖了。请你们把那件财宝递给我。"

"我再多给你一件东西好吗?"我问道,"从一个垂死的人的手里发现的,一张被撕掉一半的照片。我想另一半是在你的手上。"

他的手颤抖着。

"你在说什么?"他咆哮道。

"真相大白了。"我说道,"你和柯热尔是一伙儿的。你拉开了梯子,还用那块石头砸他的脑袋。警察比你想象的要聪明,费尔博士。"

"他们都知道了,是不是?那么,天啊!如果真的要为了杀人而抵命,那我宁可再多杀两个!"

"快卧倒,费妮拉!"我大喊一声。与此同时,枪声砰地响起。

我们俩都卧倒在石南树丛中。在他再次开火之前,一队身着制服的人已经从藏身的墙后面冲了出来。不一会儿,费尔已经戴上手铐,被押走了。

我把费妮拉拥在怀中。

"我知道我是对的。"她颤抖着说道。

"亲爱的!"我叫道,"太冒险了,他可能会打中你的。"

"可是他没有。"费妮拉说,"而且我们也知道了财宝藏在何处。"

"真的吗?"

"真的。你看——"她随手写了一个字,"我们明天去那儿找吧,我想说的是,那里一定没有多少可以藏东西的地方。"

9

才正午时刻——

"有啦!"费妮拉轻声说道,"第四个鼻烟盒!我们全都找到了。迈尔斯叔叔会高兴的,现在——"

"现在,"我说,"我们可以结婚了,并且从此过上幸福的生活。"

"我们要住在马恩岛上。"费妮拉说。

"靠马恩岛的黄金过日子。"我说着,开心地笑了起来。

后记

　　胡安和费妮拉是表兄妹。他们搭档的模式类似于汤米和塔彭丝·贝尔斯福德。后者成名于一九二九年出版的《暗藏杀机》和之后的几部小说。同时他们也类似于克里斯蒂早期的那些惊悚小说中年轻的"侦探"，比如一九二五年出版的《烟囱大厦的秘密》和一九三四年出版的《悬崖上的谋杀》。实际上，在这个故事里，"财宝"化为四个鼻烟盒，大小与火柴盒相仿。鼻烟盒内各装着一枚十八世纪的马恩岛半便士铜币，铜币上打了一个小孔，系着一条彩色的缎带。盒内还有一张折叠整齐的文书。文书上有采用印度墨水书写而成的花体字，并由阿尔德曼·柯鲁克尔签名，告知发现者应尽快前往马恩岛的首府道格拉斯，去市政厅办事处报到。发现者要带上装有铜币和文书的鼻烟盒，可以换得一百英镑的奖金（大约相当于现今的三千英镑）。还要证明自己只是到访本岛的游客，才被允许参加寻宝活动。马恩岛上的居民则被排除在外。

　　"只要有一点儿才智，就能轻而易举地寻找到财宝"

　　小说《马恩岛的黄金》里那首以"罗盘上面四个点"开头的小诗，成为活动的第一条线索，于五月三十一日星期六刊登在《每日电讯报》上，指出所有的四件财宝都应该在岛上的北部、南部和西部被找到，但不在东部。关于第一个鼻烟盒位置的线索,实际上见于六月七日发布的第二条线索,即一张小地图上。然而,在此之前财宝就已经被找到,因为小说本身所透露的信息已经足够确定宝物的位置了。发现者是来自苏格兰因弗内斯的一位裁缝威廉·肖。当地报纸报道说他挥舞着鼻烟盒,绕着圈子跑步以示庆祝。"而且他的女友兴奋得好几分钟说不出话来!"

最重要的提示就是费妮拉所说的:在藏宝地的不远处,"德比郡赛马会最早的发源地……是后来才迁往埃普索姆的"。这里提到了英格兰最负盛名的赛马会之一,即最早发源于马恩岛东南部德比海湾的德比赛马会。那个"马上就要到了"的、相传有一条"秘密通道"从一所农舍中通往的小岛,显然就是圣迈克尔岛。在这个小岛上,有一所建于十二世纪的圣迈克尔礼拜堂,还有一座石制的圆形炮台,被称为德比堡垒,这就是圣迈克尔岛的别名堡垒岛的由来——"结合了这两者的地方应该是绝无仅有的。"堡垒所在的位置在地图上是一个圆形的标记,六根线条所代表的是古炮台上遗留至今的六门大炮——这就是所谓的"有六个"——而十字代表礼拜堂。

小小的鼻烟盒奖品被藏在东北方向两门大炮之间的石壁上——"就在这两个之间吧——你带罗盘了吗?"——胡安早先暗示的"这个好像是指马恩岛的东北方向"是个烟幕弹。

"过于简单"

第二个鼻烟盒是角制的,于六月九日被一位来自兰开郡的建筑师理查德·海顿找到。当费妮拉已经看清了凶犯费尔博士的真面目时,伊万·柯热尔的临终遗言"你可认得——"是指出财宝所在何处的线索。实际上这几个字正是英国传统民谣《约翰·皮尔》的开头。这首民谣描写了一位坎伯兰郡猎手。当胡安笑称

"贝尔曼与特鲁"所在的"公司的名字,对我们或许有所帮助"时,他所指的,并不是前文中所提到的"道格拉斯的一家律师事务所",而是指这首歌谣中约翰·皮尔的两条猎犬,以及它们的主人。有了这些线索,刊登在六月九日的第三条线索,即那张"被撕掉一半的照片"所显示的地方就不那么"很难确认"了。呈现在照片中的,是被毁于十四世纪的皮尔城堡的遗址,它位于一个名叫圣帕特里克的小岛上。照片左边缘附近的曲线是皮尔山上的一个长椅扶手上的纹饰,坐在这个地方可以俯瞰城堡,鼻烟盒就藏在长椅下面。马恩岛上的最高峰是斯内山,那句"坐的是一辆开往斯内山的旅游巴士",则是又一个烟幕弹。

"多少有点儿偶然"

第三件"财宝"的发现者是一位出生于马恩岛、在利物浦工作的随船工程师赫伯特·埃里奥特先生。埃里奥特先生后来声称他没有读过《马恩岛的黄金》这篇小说,也没有研究过那些线索,他只是选择了一个可能的地点。七月八日清晨,他很偶然地在一个沟槽里发现了这个鼻烟盒。

关于财宝位置的主要提示暗藏在六月十四日发表的第四条线索(就是第一句为"在八五年这里创造了历史"的方位指示)中,将每行的第二个字或词连在一起,组成了真正的提示:

八五步东北东在神圣圆圈西班牙头

"西班牙头"位于马恩岛的最南端。"神圣圆圈"即巨石阵遗迹,又称梅尔石圈,在其东北方一英里开外的穆尔山上。其中提及的重要关键词"八五年"和"西班牙栗树"转移了很多寻宝者的视线,其实都是误导。至于那个由胡安揭示出来、而被费妮拉认定是不存在的"柯克希尔火车站",其实分别指的是一个名为柯克希尔的小村庄，和位于伊林港的一个小型火车站，伊林港正是胡安与费妮拉在开始搜索前享用午餐的地方。在地图上画一条连接柯克希尔村与伊林港的直线，并向南延伸，这条延伸线将贯穿梅尔石圈，那就是胡安确定的"具体是哪一点"。

"真正的斗智"

不走运的是，尽管第三个鼻烟盒在线索未被解决的情况下就被找到了，第四个鼻烟盒的线索却一直迟迟没有解决。第五条线索，即最后一条线索，就是那篇首句为"在一块石头上，你会看到一个标记"的短文，发表于六月二十一日。最终，在七月十日，即原计划在六月底结束寻宝活动的截止日之后又延期的第十天，道格拉斯市的市长亲自"寻获"了这最后一件财宝。作为事件的余波，两天后，《每日电讯》刊登了寻宝活动的照片，以及克里斯蒂给出的关于最后线索的解释：

> 最后这条线索，直到现在想起来还会让我觉得好笑。我时常会想起我们浪费了很多时间、到处寻找那些有标记的石头的场面。实际上线索很简单——在开头的那封信件里，"七七八八"是一个关键词[①]。
>
> 把短文中每一行的第七和第八个字取出，你就会得出：你看突出Ａ旁灯光屋子墙壁。"突出的Ａ"指的是岛上的艾尔角，灯光屋就是灯塔。我们花了一些时间，找到了要找的那面墙，财宝本身并不在那里。那里有一块石头，上面涂着四个数字——二、五、六、九。

---

①原文是英文谚语 all sixes and sevens，直译为"六和七"，指乱七八糟。为符合中文语境，译文改为"七七八八"，同时对线索诗的译文也做了调整。

把四个数字运用到短文的第一句"Upon a rock（在一块石头上）"。其中第二、五、六、九个字母拼起来就是"park（公园）"这个词语。马恩岛上真正的公园只有一个，就在拉姆齐。我们在那个公园里寻觅，最终找到了我们要找的财宝。

短文中所说的茅草屋顶的建筑物，指的是公园里一个小小的亭子。这个亭子旁边的小路通往一面爬满了藤蔓的墙，那个难于寻获的鼻烟盒正藏匿在这里。信上的邮戳所显示的地名"布莱德"是另外一个线索，那个地方的不远处就是艾尔角——马恩岛的最北端，即灯塔所在的位置。

很难去判断《马恩岛的黄金》是否真的成功地促进了马恩岛的旅游业。的确，一九三〇年来访的旅游者是比前一年要多，可是其中到底有多少可以归功于寻宝活动呢，谁也说不清。当时的媒体报道显示，有很多人质疑这个活动的价值。就在寻宝活动结束的庆功宴会上，阿尔德曼·柯鲁克尔在致答谢词的时候，指责那些不肯热烈谈论寻宝活动的人们——说他们都是些"懒汉和满腹牢骚的家伙，除了批评什么都不会做"。

实际上，岛上的居民因为不被允许参加寻宝活动，态度显得非常冷淡。甚至尽管《每日电讯》给每位发现者在马恩岛当地的接待者颁发五几尼，相当于如今的一百五十英镑的奖金，也乏人问津。还有一些形式各异的"捣乱行为"，比如放置一些假冒的鼻烟盒或线索，或者有一块石头上写着"举起来"的字样，可是底下除了一些果皮外，其实什么都没有。

由于此后再也没有类似马恩岛寻宝这样的活动,阿加莎·克里斯蒂后来又以相似的主题写了几篇推理小说。最明显的莫过于《奇特的玩笑》中的查米安·史乔德与爱德华德·罗西特,他们要面对的是古怪的马修叔叔的挑战。这是一个马普尔小姐的故事,最初发表于一九四一年,当时的篇名为《隐匿的财宝案件》,后被收录于一九七九年出版的《马普尔小姐最后的案件》中。还有一个故事大纲雷同的"命案侦破活动",出现在一九五六年出版的波洛系列长篇小说《弄假成真》里。

围墙之内

1

　　是伦普利埃太太发现了简·哈沃斯的存在。是啊，理应如此。有人说伦普利埃太太可以轻而易举地成为全伦敦最招人忌恨的女人，但我认为这有点儿夸大其词了。不过她的确是个天才，能将你最不希望让人知道的秘密公之于众——一切都是在她不经意之间。

　　那一次我们是在艾伦·埃弗拉德的画室里共饮下午茶。他时常会请人来饮茶，自己总是站在角落里，穿着破旧的衣裳，裤袋里铜币叮当作响，一副很凄惨的样子。

　　我想如今没有任何人会质疑埃弗拉德的天赋。他的两幅最著名的作品，《华彩》和《鉴赏家》，都是他在早期创作的。那时候他还不是一个多么热门的肖像画家。去年，这两幅画都被国家收购了，而且这次收购并未引起任何争议。然而，在我所说的年代里，埃弗拉德的事业还只是初露端倪，所以我们可以把自己看作慧眼识才的伯乐。

　　这些聚会都是他的太太组织的。埃弗拉德对她的态度很奇怪。如预想中的那样，他显然很爱她，这种爱是她所应得的。然而，他似乎一直都对她有某种亏欠感，不仅毫不犹豫地对她唯命是从，甚至深信她有权利以自己的方式做任何事情。仔细想来，我觉得这也是非常自然的。

伊莎贝尔·洛林曾经是个风云人物。在她初入社交界的那一年，就已经艳冠全场。除了钱，她什么都有：美貌、身份、教养、头脑。谁都认为她不可能为了爱情而结婚，她根本不像是那种人。第二年，拜倒在她裙下的有三个人：一位公爵爵位的继承人、一颗冉冉升起的政坛新星、一位来自南非的大富豪。结果出乎所有人的意料，她嫁给了艾伦·埃弗拉德——一个还在苦苦奋斗着的、默默无闻的年轻画家。

人人都继续称她为伊莎贝尔·洛林，我想这是人们对她的个性的一种褒扬。根本没有人提过伊莎贝尔·埃弗拉德的叫法。他们总是说："今天早上我看到伊莎贝尔·洛林了，是的——和她的丈夫在一起，就是那个年轻的埃弗拉德，画画的家伙。"

人们总说伊莎贝尔"前途已尽"。对于大多数人来说，成为"伊莎贝尔·洛林的丈夫"也是前途的终点。然而，埃弗拉德并不是等闲之辈。伊莎贝尔深谙成功之道，她没有看走眼。艾伦·埃弗拉德创作了《华彩》。

我想这幅画已经是人人皆知的了：在一条公路上，挖开了一道堑壕，翻开的泥土泛着暗红色，簇新的棕色排水管隐现其中，一个身强体壮的挖路工人，正倚在他的铲子上小憩——在那灯芯绒长裤和血红色围巾的包裹之下，俨然是赫拉克勒斯巨人般的身影。他的双眼穿越了画布凝视着你，目光中没有智慧的光彩，没有希冀的光芒，有的只是无言的诉求，让你不禁联想到神兽们悲悯的眼神。这幅画炽烈如火——是一幕由红色与橘红色所汇成的交响乐。关于它的象征意义，关于画家想要表达的是什么，很多人都撰文评论过。艾伦·埃弗拉德本人的说法是，他并没有想过要表达什么，他只是厌倦了那些描绘威尼斯日落的作品。一种对纯正英格兰色彩的渴望,突然间让他有了创作的冲动。

此后,埃弗拉德又向这个世界展示了一幅关于酒吧的意义非凡的作品——《浪漫史》:昏暗的街道上大雨倾盆,酒吧的门半开着,里面灯光摇曳,玻璃酒杯晶莹剔透,一个小个子男人走进门。他一脸狡猾,样子很猥琐、卑微。他的嘴微张着,眼睛里充满了渴望。他要走进此地,用买醉来忘记一切烦恼。

凭借这两幅颇有分量的作品,埃弗拉德得到了"劳动人民画家"的美誉。他有了合适的位置,可是他并没有让自己局限在这样的定位上。他的第三幅力作,是鲁弗斯·赫斯曼爵士的全身肖像画:在这位著名科学家的背后,摆满了坩埚等各种实验器皿和实验室橱柜。这幅画表现出了所谓立体派的画面效果,那些透视线条却又非常与众不同。

而现在他刚刚完成了他的第四幅重要作品——一幅他妻子的肖像画。我们这些人都是被请来观摩并发表意见的。埃弗拉德本人只是皱着眉头望着窗外,伊莎贝尔·洛林则周旋于各位客人之间,正确无误地谈论着绘画的技巧。

不可避免的,我们都发表了看法。对于作品中粉红色绸缎的画法,我们都表示了赞赏,那种处理手法令人叫绝,从来没有人这样画过。

伦普利埃太太是我所见过的眼光最为敏锐的艺术评论家之一,她马上把我拉到了一边。

"乔治,"她说,"你说他是怎么回事?这幅画根本没有活起来,画得很流畅,可是这——哦,这反而成了败笔!"

"你是说那只是一个穿着粉红色绸缎的女人?"我问道。

"正是。当然在技巧上是无可挑剔,还有那种小心翼翼!看得出来,他在这幅画上面花的力气,都足够画十六张画了。"

"画过头了?"我试着问道。

"也许吧,这幅画里本应该还有别的东西,可是都被他抹杀了。这只不过是一个穿着粉红色绸缎的美女而已。为什么不干脆去拍一张彩色照片呢?"

"是啊,为什么呢?"我附和道,"你觉得他自己知道吗?"

"他自己当然知道。难道你看不出来这个家伙正走在绝路上吗?我觉得他是把感情和事业混为一谈了。他倾尽了全力来画伊莎贝尔,只因为她是伊莎贝尔。在过于仁慈地描绘她的同时,失去了她的精髓。他下笔太温和了,有时候,你不得不——伤到筋骨,否则是无法触及灵魂的。"

我若有所思地点点头。鲁弗斯·赫斯曼爵士的肖像里并没有什么美化的手法,可埃弗拉德却成功地把人物的个性融入画中,令人过目不忘。

"伊莎贝尔有一种非常强势的个性。"伦普利埃太太继续说道。

"也许埃弗拉德并不善于画女人。"我说。

"也许吧。"伦普利埃太太若有所思地说,"嗯,可能就是这么回事。"

就在这时,天才的她又精准地从墙边随手拉出了一幅画。随意堆叠在那面墙上的,一共有八幅画,伦普利埃太太纯粹是碰运气选出来的——可是就像我之前说过的,对伦普利埃太太来说,这一点儿也不奇怪。

"啊!"伦普利埃太太说道,把它拿到了亮处细看。

这幅画并没有完成,还只是一张粗略的素描。画中的女子,或者女孩——我想她看上去至少有二十五六岁了——身体前倾,单手撑着下巴。有两件事让我感受到了冲击:画面中某种超乎想象的生命力和那种极其冷酷无情的画法。在埃弗拉德的笔下我们似乎可以看到他的怨怒,他的残忍——每一笔都故意画得那么笨拙、那么突兀、那么生硬。一切都是棕色的——棕色的衣裙、棕色的背景、棕色的眼睛——那是一对充满热切、充满渴望的眼睛,这种渴望在画面里占了绝对的上风。

伦普利埃太太沉默地看了几分钟,然后叫来了埃弗拉德。

"艾伦,"她问道,"过来看,这是谁?"

埃弗拉德顺从地走了过来。我看到他的脸上突然流露出一丝无法掩饰的懊恼。

"只是随手的涂鸦罢了。"他说,"我想我不会把它画完的。"

"她是谁?"伦普利埃太太问道。

埃弗拉德显然很不情愿回答这个问题,然而他的不情愿更激发了伦普利埃太太如饥似渴的好奇心,她这个人从来不把事情往好处想。

"我的一个朋友,一位叫简·哈沃斯的小姐。"

"我从来没在这里见过她。"伦普利埃太太说道。

"她从不参加这种观摩会。"他停顿了一下,又补充道,"她是维妮的教母。"

维妮是他的小女儿,才五岁。

"是吗?"伦普利埃太太说,"她住在哪儿?"

"巴特西,一所公寓里。"

"是吗?"伦普利埃太太又继续问道,"那她究竟对你做了什么?"

"对我?"

"就是对你,所以才会让你如此——无情。"

"哦,你说这个。"他笑了,"嗯,你知道的,她本来就不是什么美女,我不能因为是她朋友就美化她吧,你说呢?"

"恰恰相反。"伦普利埃太太说,"你没有放过她的每一个缺点,而且故意夸大、扭曲了。你想把她画得很可笑——可是你失败了,年轻人。这张肖像画,如果你将它画完的话,将是一幅有生命力的作品。"

埃弗拉德看上去有点儿懊恼。

"还算好吧。"他轻松地说道,"作为一幅素描不错了。可是比起伊莎贝尔的肖像,就完全是相形见绌了,那才是我最好的作品,这幅差远了。"

他说到最后几个字的时候有些气势汹汹,我们都没再说话。

"这根本算不上什么佳作。"他重复说道。

其他一些人都被吸引过来了。他们也看到了这幅素描,都感叹、评论起来,气氛变得愉快多了。

这就是我第一次听说简·哈沃斯。后来,我见过她——两次。我从她的一位密友那里了解了关于她的不少事情,也听艾伦·埃弗拉德自己讲过一些。如今,他们都已离开人世。我想应该是时候驳斥伦普利埃太太四处宣扬的一些故事了。你可以说我讲的故事是经过了加工的——但是它离事实并不远。

2

等到客人们都走了,艾伦·埃弗拉德又把简·哈沃斯的肖像面朝里搁在了墙边。伊莎贝尔走进房间,来到他的身旁。

"很成功,不是吗?"她若有所思地问道,"还是——不太成功?"

"你说那幅肖像画?"他立刻问道。

"哦,别傻了,我说这次聚会。那幅画当然很成功。"

"那是我最好的作品。"埃弗拉德恶狠狠地说道。

"我们这下找到门路了。"伊莎贝尔说,"查明顿夫人想请你为她画一张肖像画。"

"哦,天哪!"他皱起了眉头,"我可不是什么热门的肖像画家,你知道的。"

"你会成为热门肖像画家的,你会成为这个金字塔的塔尖。"

"这根本不是我想要爬的金字塔,更不想做什么塔尖。"

"可是,艾伦,亲爱的,这才是挣大钱的好办法。"

"谁想要挣大钱了?"

"也许是我。"她微笑着说。

他立刻感到惭愧、歉疚。如果她没有嫁给他,现在早就拥有大笔的钱了。她需要那些东西。拥有大量奢华物品是她理所应得的。

"我们最近的状况还没有那么糟。"他惆怅地说。

"是啊,不算太糟,可账单总是来得很快。"

账单——永远是账单!

他在房间里走来走去。

"哦,算了吧!我不想给查明顿夫人画肖像!"他怒吼着,就像一个任性的孩子。

伊莎贝尔笑了笑,她就站在壁炉边,一动不动。艾伦不再踱步,而是向她走了过去。她的冷静,她的一动不动,吸引着他走过去——就像磁铁一样吸引着他,不是吗?她多美啊——她雪白的双臂宛若大理石雕刻而成,她的长发金光闪闪,她的红色双唇——丰润饱满,娇艳欲滴。

他吻了她——感到她的双唇紧紧缠住了自己。此情此景,夫复何求?伊莎贝尔究竟有着什么魔力,可以抚慰你的心绪,让你对她如醉如痴,将一切弃之不顾?她以她特有的慵懒而美丽的风情把你吸引过去,让你为她停留。你会平静下来,感到无比满足。就好像罂粟和曼陀罗,让你飘荡在昏暗的湖面上,沉沉睡去。

"我去画查明顿夫人吧,"他随即开口道,"这也没什么,不是吗?我会觉得无聊——可是说到底,画家也要吃饭的。锅碗瓢盆先生就是个画家,他的太太是锅碗瓢盆太太,他们还有个女儿锅碗瓢盆小姐——全都得靠他养活啊。"

"小傻瓜!"伊莎贝尔说,"说到我们女儿——你得抽空去看看简,她昨天来过了,她说她有好几个月没看到你了。"

"简来过了?"

"是啊,她来看维妮。"

艾伦略过维妮的话题。

"她看过你的那幅肖像了？"

"是啊。"

"她怎么说？"

"她说棒极了。"

"哦！"

他皱起眉头，陷入了沉思。

"我想伦普利埃太太好像在怀疑你，觉得你对简有一种心怀愧疚的感情。"伊莎贝尔说，"她的鼻子似乎嗅到什么让她兴奋的东西了。"

"那个女人！"艾伦非常厌恶地说，"那个女人！她会想得出什么好事？她想到过什么好事？"

"嗯，我不会这么想。"伊莎贝尔微笑着说，"所以你还是快点儿去看看简吧。"

艾伦把目光投向了她。她正坐在壁炉前的一张矮沙发里，面孔侧对着艾伦，唇边依旧洋溢着一丝笑意。在那一刻他感到迷茫、困惑，就好像有一团迷雾在瞬间包围了他，又瞬间消散了，让他在这一瞬间瞥到了一个完全陌生的国度。

有个声音在对他说："她为什么要你去看简？这一定是有原因的。"因为对于伊莎贝尔来说，做任何事情都是有原因的。伊莎贝尔从来不知冲动为何物，她做一切事情都是经过谋划的。

"你喜欢简吗？"他突然问道。

"她挺好的。"伊莎贝尔说。

"是的，我是说你真的喜欢她吗？"

"当然，她如此宠爱维妮。对了，下个星期她要带维妮去海滨玩，你不会介意吧？这样我们去苏格兰度假就没有顾虑了。"

"那是再好不过了。"

是啊,这真的是再好不过了。他望着伊莎贝尔,怀疑突然浮上心头:是她要求简这么做的吗?简这个人太容易被人利用了。

伊莎贝尔站起来,哼着小曲走出了房间。哦,好了,没关系的。总之,他要去看简了。

3

简·哈沃斯所在的街区是一大片公寓楼,她住在其中一幢的顶楼,从那里可以俯瞰巴特西公园。埃弗拉德爬了四层楼梯按响门铃的时候,他有点儿生简的气。她就不能住在好一点的地方吗?他已经按了三次门铃了,但没有人来应门。他的火气更大了:她就不能雇一个可以快一点来应门的人吗?

门忽然开了,是简自己站在门口,她的脸红红的。

"艾丽丝呢?"埃弗拉德劈头问道,他根本没有要打招呼的意思。

"啊,她恐怕——我是说——她今天有点儿不舒服。"

"你是说她喝醉了。"埃弗拉德冷冷地说。

真遗憾,简老是这样谎话连篇。

"恐怕是的。"简不情愿地说。

"我要去看看她。"

他径直走进公寓,简非常顺从地跟在他身后。他在厨房里找到了失职的艾丽丝。关于她的状态,也实在没什么可说的了。他一言不发地跟着简来到了客厅。

"你必须开除这个女人。"他说,"我早就说过。"

"你是说过,艾伦,可是我不能这么做。你忘了,她的丈夫进了监狱。"

"他待在那里很合适。"埃弗拉德说,"这个女人来了三个月,她醉过多少次了?"

"没有很多次,也许三四次吧,她的心情很糟糕,你知道的。"

"三四次!九次、十次还差不多。她做的菜很好吗?糟透了!她对你有任何的帮助吗?有才怪呢!看在上帝的分上,明天早上就把她打发走吧,找一个真正有点儿用的女孩子来。"

简忧愁地望着他。

"你不会这么做。"埃弗拉德沮丧地说。他把身子埋进一张大扶手椅中。"你是一个感情丰富得简直不可理喻的人。我听说下星期你要带维妮去海滨玩,这是怎么回事?这是谁提出的,是你还是伊莎贝尔?"

简马上答道:"是我,当然是我。"

"简。"埃弗拉德说道,"如果你肯说点儿真话,我也许会比较喜欢你。坐下来,看在上帝的分上,别说谎话了,至少十分钟。"

"哦,艾伦!"简说着坐了下来。

画家上上下下地打量了她一两分钟。伦普利埃太太——那个女人说得没错,他对简的肖像画笔法处理过于无情。也许简并没有倾城之貌,但她至少算得上是个美女。她脸上修长的线条是纯希腊式的。她总希望能取悦别人,这反而让她显得有些笨拙。他揪住了这一点不放——夸大了它——她的下巴本来就很瘦削,他却采用了更加突兀的线条来勾勒,他把她的体态和姿势都画得特别丑陋。

为什么?为什么他坐在这个房间里,看着她,却抑制不住那种怒火中烧，哪怕五分钟也不行？不得不说，简是一个很好的人，可是她也真的很气人。面对着她，他的心绪从来都无法像面对伊莎贝尔那样得到抚慰。其实简是多么希望能让他高兴，她愿意一切都照他说的做。可结果呢，她总是掩饰不住内心的真实想法。

他环顾这个房间，典型的简的风格。有一些很不错的物品，纯正高雅的摆设，比如那件巴特西珐琅器，可它旁边却是一只难看的手绘玫瑰花的花瓶。

他拿起了那只花瓶。

"简，如果我把它从窗口扔出去，你会生气吗？"

"哦，艾伦！不许这样！"

"你要那么多废物有什么用？其实你有足够的鉴赏力来选择你真正需要的东西，居然搞成大杂烩一样放在一起！"

"我知道，艾伦，我不是不明白。可这都是人家送给我的。这只花瓶是贝茨小姐从马盖特带回来的——她真的很穷困，钱都被掏空了，这只花瓶一定花了她很多钱——对她来说，你知道的，她觉得我会喜欢，我真的有必要把它放在一个显眼的位置。"

埃弗拉德无话可说，他继续环顾四周。墙上挂着一两幅铜版画，还有不少婴儿的照片。不管母亲们怎么想，其实宝宝们未必都是上相的。但只要是简的朋友，一有了宝宝，都会迫不及待地送来照片，希望简会珍爱它们。简尽责地珍爱着每张照片。

"这个可怕的小孩是谁？"埃弗拉德看着一个体型矮胖、眼睛歪斜的婴儿，问道，"我从前没见过他。"

"这是个小女孩。"简答道，"她是玛丽·卡林顿刚出生的婴儿。"

"可怜的玛丽·卡林顿。"埃弗拉德说道，"我猜你一定会假装很喜欢这个整天斜眼盯着你看的可怕的小家伙吧？"

简急得抬起了下巴。

"她是一个很可爱的宝宝。玛丽是我多年的老朋友。"

"忠心耿耿的简。"埃弗拉德微笑着对她说道，"那么，真的是伊莎贝尔把维妮扔给你的，不是吗？"

"好吧，是这样的。她说起你们想去苏格兰，然后我就主动提议了。你会让我照顾维妮，是吧？我早就想求你们让我带她一段时间，只是一直没有机会开口。"

"哦，你当然可以照顾她——不过对你来说那可不是什么好事情。"

"太好了。"简开心地说。

埃弗拉德点起了一支烟。

"伊莎贝尔给你看了我的新肖像画，是吗？"他含糊地问道。

"是啊。"

"你觉得如何？"

简不假思索地脱口而出——确实是不假思索："棒极了，真的棒极了！"

艾伦猛地一跃而起，他拿着烟的手颤抖着。

"见鬼！简，别对我说假话！"

"可是，艾伦，我是当真的，真的棒极了。"

"你到现在还不明白吗，简？你的语气，你说的一字一句我都了如指掌。我想你对我撒谎，就是不想让我难受吧。你为什么就不能诚实一点？我和你一样明白，那幅画并不怎么样，可是你说它棒极了，你以为我会高兴吗？那幅该死的画是死的——死气沉沉的。它没有生命力——在那外表之下，在那流畅得令人诅咒的外表之下，没有任何内涵。我一直在自欺欺人——是啊，一直到今天下午。我来找你，就是想弄明白这一点。伊莎贝尔不会明白的。可是你明白，你一直都明白。我知道你会告诉我它很不错——你对这种事情没有什么是非观念，可是从你的语气里我听得出来。在我给你看《浪漫史》的时候，你什么也没有说——你只是屏住呼吸，然后微微轻叹。"

"艾伦——"

埃弗拉德根本不给她说话的机会，他很清楚简说过的话已经对他造成了怎样的影响。多奇怪啊，这样和善的一个人，竟会激起他喷薄而出的怒火。

"也许你以为我的才华已经耗尽了。"他怒气冲冲地说，"告诉你，我没有！我还能画出像《浪漫史》一样好的作品——也许更好。我会让你看到的，简·哈沃斯。"

他冲出了这所公寓。他走得很快，穿过巴特西公园，来到阿尔伯特桥上，他还没有从极度的愤怒中缓过神来。简，真是的！她懂绘画吗？她的看法到底是有价值的吗？他为什么要在乎？可他就是那么在乎，他多想画出一张能让简微微轻叹的作品。她的嘴会稍稍张开，她的脸颊会泛红，她会先看看画，再看看他。她也许根本不需要说什么话。

他站在桥中央，看到了他想要画的画面。这样的想法不知道从何处而来。他看到了，却不知是在空中，还是在脑海里？

那是在一家肮脏小古玩店，看上去昏暗、破旧。柜台后面站着一个犹太人——一个瘦小身材、目光精明的犹太人。在他的面前有一位顾客，那是一个体态臃肿的大个子男人，傲慢富有，一副不可一世的样子。在他们俩的头顶上是一个架子，架子上有一尊白色的大理石头像。一束光线正投在这尊男孩半身像的脸上，那种古老的希腊式的美是鲜活的，是永恒的，他的脸上仿佛流露着对世俗交易的不屑与漠视。犹太人，富有的收藏家，还有那个希腊男孩的半身头像，全都浮现在他的眼前。

"《鉴赏家》，我就用这个名字。"艾伦·埃弗拉德一边喃喃自语着，一边走下人行道，险些被一辆驶过的公共汽车夺去了生命，"很好，就叫《鉴赏家》，我会让简看到的。"

他回到家里，直接走进他的画室。伊莎贝尔来找他的时候，他正忙着整理画布。

"艾伦，别忘了我们要和马奇夫妇共进晚餐——"

"去他的马奇夫妇！我要工作，我现在很有灵感，我必须赶快画出来——在灵感消失前画出来。给他们打个电话，就说我死了。"

伊莎贝尔若有所思地看了他一会儿，然后走了出去。她知道，和一个天才共同生活是一门艺术。她去打电话了，编了一些貌似真实的理由。

她环顾四周，打了一个哈欠，然后坐在书桌前，开始写信。

亲爱的简，

非常感谢你今天寄来的支票，你对你的教女真是太好了。一百英镑可以有很多用处，孩子的开销是非常大的。你那么喜欢维妮，我觉得我向你求助真的没有错。艾伦，和其他的天才一样，只愿意画他想画的东西——很不幸，这可没法保证一家人的一日三餐。希望很快能再见到你。

伊莎贝尔上

过了几个月，等到《鉴赏家》完成之时，艾伦请简来欣赏这幅画。这幅画与他最初的构想并不完全一样——十全十美是可望而不可得的——但已经足够令人满意了。他感受到身为创作者的荣光,是他亲手缔造了这件作品,一件相当不错的作品。

这次,简没有对他说棒极了。两团红晕悄悄地爬上了她的脸颊,她的双唇微微地张开了。她望着艾伦,让他看到了他想看到的眼神。简看懂了。

他感到飘飘然,他真的向简证明了自己!

图画的事抛在脑后,他才再度注意到身边琐事。

维妮在海滨待了两个星期,受益良多。可是他发现她穿的衣服非常破旧,他为此去问伊莎贝尔。

"艾伦,你从来不注意这种事!我觉得孩子们就应该穿得朴素一点儿——我不喜欢小孩子穿得很花俏。"

"穿得朴素和穿得破旧可不是一回事。"

伊莎贝尔没有再说什么,她给维妮买了一件新衣服。

两天后,艾伦正在忙着应付那些所得税申报单。他自己的存折摆在面前。当他在伊莎贝尔的书桌上翻找她的存折时,维妮蹦蹦跳跳地跑了进来,手里拿着一个不成样子的洋娃娃。

"爸爸,我有一条谜语,让你猜猜吧?'乳白的围墙,柔柔的丝帐,水晶一样的海洋里,沐浴着一只金苹果。'你猜是什么?"

"是你妈妈。"艾伦随口说道,他还在翻找着。

"爸爸!"维妮大笑着,"应该是鸡蛋,你为什么会以为是妈妈呢?"

艾伦也笑了。

"我没有好好听。"他说,"那几个词不知为什么就让我想起你的妈妈了。"

乳白的围墙,丝帐,水晶,金苹果。是啊,这就像他的伊莎贝尔，语言真是很奇妙的东西。

这时他已经找到了那本存折，不容分说地命令维妮离开房间。十分钟后，他被一声尖厉的呵斥吓得抬起了头。

"艾伦！"

"嗨，伊莎贝尔。我没听见你走进来。对了，你来看看，你的存折里有几笔款项我不太明白。"

"谁让你动我的存折了？"

他瞪着她，显得很吃惊。她生气了，他从来没见过她生气的样子。

"我以为你不会介意的。"

"我介意——非常介意。你不可以随便动我的东西。"

艾伦的火气也突然冒了上来。

"我向你道歉，不过既然我已经动了你的东西，也许你可以向我解释一下，这几笔进款是怎么回事。在我看来，今年至少有五百英镑的进账是不明来源的。这到底是哪儿来的钱？"

伊莎贝尔已经平静了下来，她坐在一把椅子上。

"你大可不必那么严肃，艾伦。"她轻快地说，"这又不是犯罪所得，或者类似的东西。"

"那是从哪儿来的？"

"一个女人给的，她是你的朋友。这不是给我的钱，是给维妮的。"

"维妮？你是说——这是简给你的钱？"

伊莎贝尔点了点头。

"她对这个孩子真是宠爱有加——为了她做再多也觉得不够。"

"是啊，那么——这笔钱当然应该花费在维妮身上才对。"

"哦！当然不是这么回事，钱是要用在目前日常开销上的，比如买衣服什么的。"

艾伦不再接口了，他想到了维妮的衣服——打满补丁的破旧衣服。

"伊莎贝尔，你的账户也透支了，不是吗？"

"是吗？这是很经常的事啊。"

"是吗，可是那五百英镑——"

"哦，我亲爱的艾伦，我选择了在我看来最好的方式把钱用在了维妮身上。我向你保证，简对此非常满意。"

艾伦并不满意。可是伊莎贝尔的冷静中有一种威势，让他没法再开口。说到底伊莎贝尔只是在财务上有点儿疏忽罢了，她也不是有意要把给孩子的钱用在她自己身上。就在那天，有一张账单收条错寄给了埃弗拉德先生。这是汉诺威广场的一位裁缝寄来的，金额是整整两百英镑。他什么也没说，把账单交给了伊莎贝尔。她看了一眼，笑着说："可怜的小傻瓜，我想你一定觉得这笔钱花得太多了吧，可是一个人多少总得有几件衣服啊。"

第二天，他去拜访简。

简还是一如往常让人心烦，捉摸不透。他不用担心，维妮是她的教女，这些事只有女人才懂，男人是不会明白的，她当然不希望五百英镑都用在给维妮买衣服上，他能不能把这件事留给她和伊莎贝尔自己解决？她们俩彼此了解对方。

艾伦在越发不满意的情形下离开了。他知道他在逃避心里最想问的问题。他想说的是："钱真的是伊莎贝尔问你要的吗，为了维妮？"他不敢说出口，因为他担心简会编不出合适的说辞来骗他。

可是他担心极了，简根本没什么钱。他知道她很穷困，她不能——不能搞垮她自己啊。他下定了决心去找伊莎贝尔谈话。伊莎贝尔还是那么冷静、从容不迫，说她当然不会让简的负担超出她能承受的范围。

4

一个月以后,简离开了人世。

一开始是流感,后来恶化成了肺炎。她指定艾伦·埃弗拉德为她的遗产执行人。她把所有的财产都留给了维妮,虽然并不多。

艾伦必须整理她的文件。她留下的是一份详尽的记录——那些求助信、那些感谢信、数不清的善举。

最后,他找到了她的日记,里面夹着一张小纸条:

在我死后,请艾伦·埃弗拉德读我的日记。他一直怪我不肯对他说真话,我把真话全都写在这里了。

就这样,他终于明白了一切,他终于找到了一个简敢于说真话的地方。这是一份简单平实、毫不做作的记录,记录了她对他的爱。

里面没有多愁善感,也没有华丽的辞藻,有的只是真相自己闪现的光辉。

"我知道你一直在生我的气。"她写道,"有时候不管我怎么做,似乎都会让你怒不可遏。我不知道怎么会变成这样,因为我一直想取悦你。可是与此同时,我也相信在某些方面,你是真正在乎我的,一个人是不会为他毫不在乎的人生气的。"

艾伦又发现了别的东西。这不是简的错。简很忠诚——可是她太散乱;她把她的抽屉塞得太满了。在她去世前不久,她已经小心翼翼地烧掉了伊莎贝尔的所有来信,可是艾伦找到的这一封嵌在了一格抽屉的后面。读完这封信,简的支票簿上那些神秘的记号对他来说已经不再难解。在这封信里,伊莎贝尔几乎已经懒得再假借维妮的名义来向简要钱。

艾伦坐在书桌前,长时间地望着窗外。最后,他把支票簿塞进口袋,离开了这所公寓。他走回切尔西,怒气在他的心中升腾。

他回来的时候,伊莎贝尔不在家。他很沮丧,因为他已经想好了要说什么。他转而走进了画室,拿出简的那幅未完成的肖像,把它放在靠近与伊莎贝尔穿着粉红色绸缎的肖像画旁的画架上。

那个叫伦普利埃的女人说得没错。简的肖像是有生命力的,他看着她充满渴望的双眼,那种美是他无法否认的。这就是简——凌驾于一切的、充满活力的简。她是他见过的最有活力的人,以至于直到现在他还不相信她已经离开了人世。

他回想起自己的其他作品——《华彩》、《浪漫史》、《鲁弗斯·赫斯曼爵士》,在某种意义上,它们都是简的画像。是她点燃了这些作品的光芒——是她激起了他心中的烦躁与怒火——要证明给她看!现在呢?简已经不在了,他还能再画出一幅真正像样的画吗?他又看了一眼画布上那张充满渴望的脸,也许简并没有走远。

一个声响让他回过神来,伊莎贝尔走进了画室。她穿着一身赴晚宴的白色直筒长袍礼服，衬托出金色的长发光彩闪耀。

她死死地呆立着，把到口边的话又咽了回去。她警觉地凝视着他，退守到沙发椅上，坐了下来。她依然保持着她的冷静。

艾伦从口袋里取出了那本支票簿。

"简的文件我全都看过了。"

"是吗？"

他想模仿她的冷静，控制住自己颤抖的声音。

"在她去世前的四年里，她一直在给你钱。"

"是啊，是给维妮的。"

"不，不是给维妮的！"埃弗拉德吼道，"你假装是给维妮的，你们俩都假装是给维妮的，可是你们俩都清楚事实并非如此。你知道简把她的有价证券全都卖掉了，过着饥一顿饱一顿的日子，只为了能让你添置新衣——那些你根本不是真正想要的衣服，是吧？"

伊莎贝尔的视线从没有从他的脸上移开。她好像一只白色波斯猫，在沙发垫上变换着惬意的姿势。

"简要搞垮她自己，我有什么办法。"她说，"我还以为她负担得起呢。她爱你爱得发疯——我当然看得出来。你每次都那么急不可耐地跑去见她，换作别人的妻子早就闹得不可开交了，我可没有说过什么。"

"你是没有说过什么。"艾伦脸色惨白地说，"你的如意算盘是让她给你钱用。"

"你太过分了，艾伦，说话要小心。"

"这不是事实吗？不然你为什么可以那么轻易地从简手里拿到钱？"

"反正不是因为她爱我，显然是因为她爱你。"

"就是这样。"艾伦毫不掩饰地说,"她买的是我的自由——让我以自己的方式工作的自由。只要你有足够的钱来挥霍,你就会放过我——否则你就会逼迫我给那些讨厌的女人画肖像。"

伊莎贝尔什么也没有说。

"你怎么说?"艾伦愤怒地喊道。

她的一言不发激怒了他。

伊莎贝尔低头看着地板。随即抬起了头,平静地说:"过来,艾伦。"

她指了指身边的沙发垫。他很不情愿地走过去坐下来,看都没看她一眼,但他心里很清楚自己有多么害怕。

"艾伦。"伊莎贝尔马上说。

"怎么了?"

他很气恼,也很紧张。

"你说得也许都对,这没有关系。我就是这样的人,我喜欢拥有各种东西——衣服、钱、你。简已经死了,艾伦。"

"你是什么意思?"

"简已经死了,你现在完全属于我了,在此之前,并非如此——你并不完全属于我。"

他看着她——从她的眼神中看到一种光芒,贪心、霸道——让人抵触却又让人神魂颠倒。

"现在你完全是我的了。"

他觉得自己终于了解伊莎贝尔了,以前他并不真正地了解她。

"你要我做你的奴隶?让我按照你说的去画画,按照你说的去生活,一步不离地紧跟着你的脚步?"

"你高兴的话也可以那样说。该怎么说呢?"

他感觉到她的双臂搂住了他的脖子,就像一面白色的、光滑的、牢不可破的围墙。那几句话在脑海里闪现——"乳白的围墙",他现在已经被包了进去,他还能逃走吗?他还想逃走吗?

他听到她在他耳边的轻声细语——就像罂粟和曼陀罗。

"人生在世,是为了什么?有这些还不够吗?爱情——幸福——成功——赞美——"

墙壁越来越高,他被严严实实地禁锢在这围墙之内——"柔柔的丝帐",他现在已经被裹了进去,有点透不过气,却很舒服、很甜蜜!他们俩正一起荡漾在水晶一样的海洋里。围墙很高很高,把一切别的东西都隔绝在外——远离那些危险,那些令人难过的纷纷扰扰,经常让人受伤。漂在那水晶一样的海洋里,金苹果就在他们的手中。

亮光从简的画像上隐没了。

后记

跟许多克里斯蒂的早期短篇小说一样,《围墙之内》最初发表在一九二五年十月的《皇家杂志》上。故事有些暧昧不明,结尾提及的围绕的白色围墙可能就是字面意思,指伊莎贝尔·洛林环绕艾伦·埃弗拉德的双臂,但它还可能有别的意思吗?"金苹果就在他们的手中"这个结尾意思模糊——在谁的手中?"金苹果"象征什么?先前艾伦误解维妮的谜语是否还有什么更深的意思?实际上他是否在故事的结尾扼死了他的妻子?或者,简的肖像上隐没的那"亮光",是否是想让读者明白,艾伦已经忘记了她,并且原谅了伊莎贝尔?还是说他会自杀?克里斯蒂都没有给出解释,只是提到这些情况曾引发了一些恶意的谣言,讲述者希望能借此进行辟谣。

这个故事与许多阿加莎·克里斯蒂作品都围绕着一个共同的主题,那就是永恒的三角恋。这成为很多类型各异的作品共同的特点,包括结构相似的波洛系列小说,一九三七年出版的《尼罗河上的惨案》、一九四一年出版的《阳光下的罪恶》,以及短篇小说中的《行道上的血迹》,收录于一九三二年出版的《死亡草》。罗伯特·巴纳德于一九八○年发表的《欺骗的天才》毫无疑问是针对她的作品最好的评论,他讲述了克里斯蒂是如何把三角恋的情节,以及其他稀松平常的主题变成"骗人的诡计",如何误导读者们的预期,使他们搞错了同情(和怀疑)的对象。她还把类似的诡计应用在她的舞台剧中,最明显的例子就是一九五二年上演的《捕鼠器》。

巴格达箱子之谜

这个标题很引人注目——我这样告诉我的朋友赫尔克里·波洛。案件的当事人我一个也不认识，我只是作为一个毫无偏见的旁观者对此事件产生了兴趣。波洛同意我的看法。

"是的，这标题有一种神秘的东方气息。这很可能只是一只从托特汉姆广场路买来的仿詹姆斯一世时期风格的箱子，而记者还是欣然接受了这个想法，取名为'巴格达箱子'。'之谜'一词并列在标题里也是经过思考的，尽管我相信在这个案件里没有多少谜团可以破解。"

"一点儿也不错。可以说是可怕而恐怖，但称不上是神秘。"

"可怕而恐怖。"波洛若有所思地重复道。

"彻头彻尾地令人生厌。"我一边说，一边站起来，在房间里来回踱步，"凶手杀死了那个男人——是他的朋友——把他塞进箱子里，过了半小时就在同一个房间里跟受害者的妻子跳舞。想想吧！她当时要是能想象到发生了什么——"

"的确如此。"波洛思索着开口道，"那种被吹得神乎其神的法宝，女人的直觉——似乎并没有发挥作用。"

"聚会好像是在非常愉快的气氛中结束的。"我有点儿发颤地说道，"此前他们一直在跳舞、打牌的时候，自始至终都有个死人跟他们共处一室。这够得上写一出舞台剧了。"

"已经有人写过了。"波洛说，"不过你还是可以自我安慰的，黑斯廷斯。"他善意地补充道，"并不是说一个主题已经被用过了，就不能再用一次。写一出你自己的版本吧。"

我拿起报纸，审视起那张复制得相当模糊的照片。

"她一定是个非常美丽的女人。"我慢慢地说道,"即使这么模糊的照片也能看出来。"

照片底下有一行注释:

被害人的妻子克莱顿太太近照

波洛从我手里接过报纸。

"是的。"他说,"她很美。毫无疑问,她是那种生来就能搅乱男人灵魂的人。"

他叹息一声,又把报纸递还给我。

"感谢上帝,我不是一个热情冲动的人。这让我避免了许多尴尬的场面,真是谢天谢地。"

我不记得当时是否更深入地讨论下去了。波洛那时对这个案子没什么特别的兴趣。事实非常清楚,没有什么可怀疑的,过多讨论似乎是白费力气。

克莱顿先生和太太与里奇少校是多年的老朋友。事发那天是三月十日,克莱顿夫妇接受了邀请,和里奇少校共度良宵。大约七点三十分,克莱顿先生在跟另一个朋友柯蒂斯少校一起喝酒时候,自称临时接到了要前往苏格兰的召唤,八点就要坐火车赶过去。

"我只来得及到老杰克家里去一次,跟他解释一下。"克莱顿先生继续说道,"当然,玛格丽塔还是会去的。我很遗憾,不过杰克一定会理解的。"

克莱顿先生言出必行,他大约在七点四十分赶到里奇少校家里。主人当时外出了,不过他的男仆很熟悉克莱顿先生,建议他进屋等一会儿。克莱顿先生说他时间不够了,不过他可以进去写一张字条。他补充说他正要去赶火车。

于是男仆把他带进了客厅。

大约五分钟后,里奇少校打开客厅房门,显然是在男仆没有察觉的情况下回到家,自己进的屋。他叫来男仆,吩咐他出去买烟。男仆回来把烟交给主人,之后主人就独自待在客厅里。男仆很自然地认为克莱顿先生已经走了。

很快客人们纷纷到场,有克莱顿太太、柯蒂斯少校和一对姓斯彭斯的夫妇。一晚上他们都开着留声机跳舞、打扑克牌。客人们是在午夜过后不久离开的。

第二天早上,男仆来清理客厅时,惊讶地发现地毯上有一片深色的污迹,就在里奇少校从中东买回来的一个所谓的巴格达箱子脚下。

男仆本能地打开箱盖,惊骇地发现里面是一具被人刺穿心脏、折起身子的男人尸体。

男仆魂不附体般跑到公寓外面,叫来了最近的警察。死者被证实为克莱顿先生。随后里奇少校很快被逮捕。少校的辩词也在情理之中,他坚决否认了一切。那天晚上他并没有见到克莱顿先生,直到克莱顿太太来了以后,他才听她说起克莱顿先生要去苏格兰的事情。

以上就是原始的案情。文中自然也充满了影射和暗示。里奇少校与克莱顿太太的友情和亲昵关系被着重渲染了一番,就连傻瓜也能读出其中的意味。关于犯罪动机的指向非常明显。

多年的经验教会了我对这种无根据的谣言持保留态度。根据所有的迹象来看,这所谓的动机可能完全是无中生有的。就这个事件而言,或许会有什么完全不同的起因突然浮出水面。但有一点明显是站得住脚的——那就是里奇就是凶手。

如我所言，如果查特顿夫人当天晚上没有邀请波洛和我参加她举办的聚会的话，这个案子或许就会被我们搁置了。

波洛虽然对社交约会有颇多怨言，还总是宣称自己对独处充满热情，事实上则非常喜欢这种社交活动。被人大惊小怪地当作社会名流对待，这令他心满意足。

有时候他会自鸣得意起来！我亲眼见过有人对他说一些令人作呕的恭维话，而波洛毫不介意，仿佛那只不过是恰如其分的赞扬。他自己还会回应一些非常自以为是的话，比如我真是受不了碌碌无为之类的。

有时候他会就这个问题与我争辩。

"可是，我的朋友，我不是一个盎格鲁－撒克逊人，我为什么要装腔作势呢？是啊，是啊，你们都是这么干的，你们全都是这样。完成了高难度飞行的飞行员，得了冠军的网球选手，都会低垂双眼，轻声咕哝着'这没什么'。可是他们真的这样看自己吗？这么想才怪。如果是别人做了什么英雄壮举，他们就会赞美。所以说，作为逻辑正常的人，他们肯定也赞美他们自己，只不过他们受到的教育让他们故作谦虚。我可不是这样。我所拥有的天赋——我就要在人前赞颂。巧的是，在我所处的特殊领域，没有人能够比得上我。真是遗憾！就是这样，我不会装腔作势，只会坦率地承认我是个伟大的人。我的条理、我的方法、我在心理学上的造诣都达到了一个不同寻常的境界。的确，我就是赫尔克里·波洛！我为什么要羞红了脸、吞吞吐吐、低下头来嘀嘀咕咕地说我其实真的挺笨的？这不是真的。"

"当然了，这世上只有一个赫尔克里·波洛。"我表示同意。其中不乏辛辣的讽刺意味，幸而波洛对此基本视而不见。

查特顿夫人是波洛最热心的仰慕者之一。波洛曾经从一只北京哈巴狗令人难以理解的表现着手，顺藤摸瓜地破获了一个著名的夜贼和入室抢劫团伙。从此以后，查特顿夫人就开始唯恐天下人不知地对他赞不绝口。

波洛参加聚会时的模样，绝对令人大开眼界。他那无可指摘的晚宴礼服，整饰得一丝不苟的白色领带，精确中分的发型，闪闪发亮的润发油，著名且显赫得让人痛苦的小胡子。这一切完美地整合出一个积习已深的花花公子做派。在这种情况下，你很难把这个小个子当一回事。

大约十一点半，查特顿夫人走近我们，轻巧地把波洛从一群仰慕者中解救出来，把他带走了。不用说，我也被一起拖走了。

"请去我楼上的小房间。"一走到客人们听力范围之外的地方，查特顿夫人就压低了声音说，"你知道在什么地方，波洛先生。那里有一个迫切需要你帮助的人。你会帮助她的，我知道。她是我最亲密的朋友之一，所以千万别拒绝。"

查特顿夫人一边说，一边精力充沛地带路。她猛然推开一扇房门，这样宣布道："我把他带来了，玛格丽塔，亲爱的。你要他做什么他都会答应的。你会帮助克莱顿太太的，对吗，波洛先生？"

她理所当然地认为不会有别的答复，于是退了出去，显示着万事都要付诸行动的充沛精力。

克莱顿太太本来坐在窗边的一把椅子上，此刻已经站起来，迎向我们。她穿着深色的丧服，阴沉的黑色衬托出她的白皙。她是一个可爱得异乎寻常的女子，有一种单纯而孩子气的坦诚，这使她的美丽更加令人无法抵抗。

"艾丽丝·查特顿太好心了。"她说，"她安排了一切。她说你能够帮我，波洛先生。当然，我并不知道你是不是能帮我，但是我希望你能。"

她伸出手来,波洛握住她的手,站立在她近处细细地观察了片刻。他的举动没有任何不礼貌的样子,更像是一个著名的顾问医师善意而探询地注视着一个被领到他面前的新病人。

"那么太太,你确信——"他终于开口道,"你确信我能帮你吗?"

"艾丽丝说你能。"

"是的,不过我问的是你,太太。"

红晕泛上了她的脸颊。

"我不明白你的意思。"

"我的意思是,太太,你想要我帮你做什么?"

"你……你们……知道我是谁吗?"她问。

"当然。"

"那么你们可以猜得到我想请你们做什么,波洛先生,黑斯廷斯上尉。"我很高兴她知道我是谁。"里奇少校没有杀我丈夫。"

"为什么不是他?"

"请原谅,请你再说一遍。"

波洛笑着面对这小小的尴尬。

"我是说,'为什么不是他'。"他重复道。

"我不太明白你的意思。"

"嗯,很简单。警察、律师,他们都会问同一个问题:里奇少校为什么杀克莱顿先生?我问的问题正相反。我问你,太太,里奇少校为什么没杀克莱顿先生。"

"你的意思是……我为什么那么肯定?好吧,可是我就是知道,我非常了解里奇少校。"

"你非常了解里奇少校。"波洛语气平淡地重复道。

她的脸颊像火一样红了。

"是啊,他们都是这么说的,他们都是这么想的!哦,我知道!"

"确实。他们会这么问你,你有多了解里奇少校?你也许会说出实情,也许会说谎。对女人来说,说谎是必要的,是一件很好的武器。可是,太太,一个女人应该对三种人说实话:听她告解的神父、她的美容师,还有她的私人侦探——如果她足够信任他的话。你信任我吗,太太?"

玛格丽塔·克莱顿深吸了一口气。"是的。"她说,"我信任你,我必须信任。"她相当孩子气地补充道。

"那么,你有多了解里奇少校?"

她安静地看了他一会儿,然后桀骜地抬起了下巴。

"我会回答你的。我在见到杰克的第一刻就爱上了他,那是在两年前。后来我觉得,我相信,他也爱上了我。不过他从来没有说过。"

"很好!"波洛说,"你如此直截了当,足足省去了我一刻钟时间。你很明智。那么你的丈夫,他对你的感情变化有没有怀疑?"

"我不知道。"玛格丽塔慢慢地说,"我觉得,也就是最近我觉得他可能在怀疑,他的态度有所变化。不过这也可能只是我的胡思乱想。"

"那别人对此都不知情?"

"我觉得是这样。"

"那么,请原谅,太太。你不爱你的丈夫,是吗?"

说到这儿,我觉得,很少有女人能像她这样言简意赅地回答这样的问题,她们通常都会试着解释自己的感受。

玛格丽塔·克莱顿平静而简洁地回答说:"是的。"

"好。现在我们有点儿眉目了。太太,在你看来里奇少校并没有杀你丈夫,但是你也意识到,所有的证据都指向他确实这么干了。那么,你私下里有没有觉察到这些证据中的瑕疵?"

"没有,我对此一无所知。"

"你丈夫是什么时候第一次通知你他要去苏格兰的?"

"就在午餐后。他说这太讨厌了,不过他还是得去。他说跟土地价格有点儿关系。"

"后来呢?"

"后来他就出去了,去俱乐部,我想。我……我后来就没再见过他了。"

"那么再说说里奇上校。那一晚他的言行举止如何?和往常一样吗?"

"是啊,我觉得是这样。"

"你并不确定?"

玛格丽塔皱起眉头。

"他……有一点拘谨,跟我在一起的时候。跟别人在一起的时候不会。可是我认为我知道是为什么。你明白吗?我觉得那种拘束,或者说……或者说……是心不在焉更恰当一些。跟爱德华没有什么关系。他听说爱德华去苏格兰了,很惊讶,但也没有过分惊讶。"

"那么当天晚上在你看来没有发生什么不寻常的事情吗?"

玛格丽塔想了想。

"没有,什么也没有。"

"你注意到那个箱子了吗?"

她微微颤抖着摇了摇头。

"我甚至对那东西都没什么印象,连什么样子都想不起来。我们那天晚上大多数时候都在打扑克牌。"

"谁赢了?"

"里奇少校。我的运气糟透了,柯蒂斯少校也一样。斯彭斯夫妇赢了一些,但里奇少校是赢得最多的。"

"聚会结束是什么时候?"

"我想差不多是十二点半。我们都是一起离开的。"

"啊!"

波洛一言不发,陷入深思。

"我真希望能多给你一些帮助。"克莱顿太太说,"看起来我告诉你的只有那么多。"

"关于现在的事情,没错。但是关于过去的事情呢,太太?"

"过去的事情?"

"是的。发生过什么意外事件吗?"

她脸红了。

"你是说那个可怕的小个子?他举枪自尽。那不是我的错,波洛先生,真的不是。"

"我想到的,恰好不是你说的这件事。"

"那你说的是那场荒谬的决斗?可是意大利人习惯决斗。那个人没被杀死,我真是太感谢上帝了。"

"那对你来说一定是一种解脱。"波洛严肃地附和道。

她疑惑地注视着他。他站起来,握住了她的手。

"我不会为你决斗的,太太。"他说,"不过你要我做的事我会去做,我会发现真相。让我们一起期盼你的直觉是正确的。希望真相能够帮到你,而不是伤害你。"

我们首先见的是柯蒂斯少校。他大约四十岁,标准的军人体格,一头黑发,古铜色的脸庞。他认识克莱顿夫妇有好几年了,里奇少校也一样。他确认了那些新闻报道的说法。

大约在七点三十分,克莱顿先生和他一起在俱乐部里喝酒。然后克莱顿声称要在去尤斯顿火车站之前先去看看里奇少校。

"克莱顿先生的态度怎么样?是很沮丧还是很高兴?"

少校思索着。他说起话来慢吞吞的。

"看起来情绪相当不错。"他终于说道。

"他没有说过与里奇少校不和之类的话吗?"

"天哪,没有,他们是好朋友。"

"他并不反感……他妻子和里奇少校的友谊吗?"

少校的脸涨得通红。

"那些该死的报纸你读得太多了,全都是含沙射影和谎话连篇。他当然不反感,怎么会呢?他跟我说:'玛格丽塔当然还是会去的。'"

"我明白了。那么那天晚上,里奇少校的言行举止也一如往常吗?"

"我没有注意到有什么不一样的地方。"

"那克莱顿太太呢?她也一如往常?"

"好吧。"他回应道,"现在想起来,她当时比较安静,一副若有所思的样子,有点儿走神。"

"最早到的是谁?"

"是斯彭斯夫妇。我到的时候他们已经在那儿了。实际上我去找过克莱顿太太,结果发现她已经出发了,所以我到那里的时候有点儿晚了。"

"那你们做些什么消遣呢?跳舞?打牌?"

"都玩了。先是跳舞。"

"你们有五个人吧？"

"是的，不过没问题，因为我不跳舞，我来放唱片，其他人跳舞。"

"谁跟谁跳得比较多呢？"

"好吧，其实斯彭斯夫妇喜欢一起跳。他们有点儿狂热，舞步很花哨。"

"所以克莱顿太太主要跟里奇少校跳？"

"差不多是这样。"

"然后你们一起打扑克牌？"

"是的。"

"你们是什么时候走的？"

"哦，挺早的，午夜刚过没多久。"

"你们都是一起走的吗？"

"是的，实际上我们一起叫了一辆出租车，先送克莱顿太太到家，然后是我，最后送斯彭斯夫妇去肯辛顿。"

接下来我们拜访了斯彭斯夫妇。只有斯彭斯太太在家，她所讲的关于那晚的情况与柯蒂斯少校完全相符，只是她对里奇少校玩牌时的好运气流露出一丝嘲讽的意味。

当天早上波洛已经给苏格兰场的杰普警督打过电话，因此我们接下来得以访问里奇少校的家，在那里见到了正在等待我们的男仆伯格因。

这位男仆的证词非常精确、清晰。

克莱顿先生是七点四十分到的，不巧里奇少校正好出去了。克莱顿先生说他等不及了，他还要赶火车，不过他可以潦草地写一张字条。于是他就进了客厅去写字条。伯格因其实没有听见他的主人进屋，因为他正在放洗澡水。而里奇少校当然是有钥匙的,他自己开门进来了。他印象中大概是十分钟后,里奇少校叫他过去,让他出门买烟。不,他没有走进客厅,里奇少校站在门口。五分钟后,他买烟回来时才走进客厅,除了他主人在窗前抽烟外,别无他人。他主人问他洗澡水是否已经准备好,听说已经好了,他就去洗澡。伯格因并未向他提及克莱顿先生,因为他以为主人已经见过克莱顿先生,并且亲自送走了他。他主人的言行举止一切如常。他洗完澡、换好衣服,很快斯彭斯夫妇就到了,然后柯蒂斯少校和克莱顿太太也来了。

伯格因解释说,他从未设想过克莱顿先生会在他主人回来之前离开。如果是这样的话,克莱顿先生从外面把前门关上的声音会很大,他肯定能听见。

伯格因一直保持着不带个人情绪的态度,给我们讲述了他是怎样发现尸体的。我的注意力第一次被引向那个致命的箱子。那是一件相当大的家具,靠在墙边,旁边是留声机橱柜。箱子是用某种深色木头做的,上面打满了铜钉。盖子打开的角度刚刚好,我颤抖着向里看去。尽管已经彻底清洗过了,那不祥的污迹还是有残留。

波洛突然发出惊呼声:"这些小洞真古怪。显然是最近才打出来的。"

这些洞就在箱子背后靠墙位置,有三到四个,直径约为一英寸,看样子显然是新打的洞。

波洛俯身检查它们,然后探询地看着男仆。

"这真的很奇怪,先生,我不记得以前看到过这些洞,当然我也可能是没有留意到。"

"这没关系。"波洛说。

他关上箱盖,向后退去,直到背靠着窗户。他突然问了一个问题。

"告诉我,"他说,"那天晚上你把烟买回来带给你主人的时候,这屋子里有没有什么东西位置不对了?"

伯格因犹豫了片刻,然后有点儿不情愿地答道:"很奇怪您提到这个,先生。既然您提到了,好吧,确实有。那扇屏风放在那儿是为了阻挡从卧室吹进来的气流。那天它被向左移动了一些。"

"就像这样?"

波洛迅速敏捷地向前走去,拉动屏风。那是一扇富丽堂皇的皮质彩绘屏风,把那只箱子挡住了一些。波洛调整位置以后,箱子被完全藏在了后面。

"没错,先生。"男仆说,"就像这样。"

"第二天早上呢?"

"我记得还是这样。我把它移回去,然后我就看到了污迹。地毯已经送去清洗了,先生,所以地板才会这样光秃秃地露在外面。"

波洛点点头。

"我明白了。"他说,"谢谢你。"

他把一张崭新的钞票放在男仆的掌心。

"谢谢你,先生。"

"波洛。"我们出门来到大街上时,我问道,"关于屏风的问题,会对里奇有帮助吗?"

"这一点对他更加不利。"波洛沮丧地说,"屏风把箱子挡起来了,也隐藏了地毯上的污迹。血迹早晚会渗过木头,染脏地毯,屏风可以暂时遮掩一下。是啊——可是我还有不太明白的地方。那个男仆,黑斯廷斯,那个男仆。"

"那个男仆怎么了？他好像是个非常聪明的家伙。"

"如你所言，非常聪明。然而，里奇少校似乎并没有意识到第二天早上他的男仆理所当然会发现尸体，这合乎情理吗？在刚杀完人的时候，他没有时间做什么，这是必然的。他把尸体塞进箱子，把屏风拉到箱子前面，盼着整个夜晚都顺利度过。可是在客人们都走了之后呢？毫无疑问，那时他有时间把尸体处理掉。"

"也许他寄希望于男仆不会发现污迹？"

"我的朋友啊，这是荒谬的。一条染了污迹的地毯是一个好仆人会注意到的第一件事情。而里奇少校呢，他就跑到床上，舒舒服服地打呼噜去了，把一切扔在那里置之不顾。这太不寻常，太有意思了。"

"柯蒂斯那天晚上换唱片的时候也有可能看到污迹吧？"我推测道。

"不会的，屏风会在那里投下一大片阴影。是啊，不过我开始明白了，没错，有点儿模糊，但是我开始明白了。"

"明白什么？"我急切地问道。

"可能性，或者说是另外一种解释。我们接下来的拜访将会使事情变得明朗一些。"

接下来我们要拜访的是检查过尸体的医生。他的证词只不过是重复了他在法庭上说过的那些话。死者被一柄细长小剑之类的刀具刺穿了心脏。那把刀插在了伤口上。死亡是瞬间的事。小刀为里奇少校所有，通常就放在写字桌上。医生说，刀上没有发现指纹，可能是被擦掉了，也可能是隔着手帕拿的。至于死亡时间，基本确定是在七点到九点之间。

"他有没有可能，比方说，是在午夜之后被杀的？"波洛问。

"不会，我敢肯定。最晚不会超过十点。七点三十到八点之间是最有可能的。"

"还有一种假设。"当我们回到家以后,波洛说,"我不知道你有没有看出来,黑斯廷斯。在我看来很明白,我只需要再搞清楚一点,这个案子就可以结束了。"

"不行。"我说,"我还没想到呢。"

"努力想想,黑斯廷斯。努力想想。"

"那么好吧。"我说,"七点四十分的时候克莱顿还活得好好的。最后见到他的人是里奇——"

"这只是我们的假设而已。"

"嗯,难道不对吗?"

"你忘了,我的朋友,里奇少校否认这一点。他坚决声称他回来的时候,克莱顿已经走了。"

"可是男仆说过,如果克莱顿离开的话,他一定能听见重重的关门声。更何况,如果克莱顿走了,他又是什么时候跑回来的呢?不会是在午夜之后,因为医生说不可能,他至少死于那之前两个小时。那么就只有一种可能性了。"

"是什么,我的朋友?"波洛说。

"在克莱顿单独待在客厅的那五分钟里,有别的人跑进来杀死了他。可是同样的问题又来了,只有手上有钥匙的人才可能在男仆不知情的情况下进来,而且同样的,凶手在离开的时候也会有重重的关门声,男仆一定会听见。"

"确实如此。"波洛说,"所以说——"

"所以说,没有别的解释。"我说,"我看不出来还有什么别的可能性。"

"很遗憾。"波洛喃喃自语道,"这其实非常简单,就跟克莱顿太太的蓝眼睛一样清澈明亮。"

"你真的相信——"

"我什么也不相信,直到我得到证据之前。我还需要找到一个小小的证据来证实我的想法。"

他拿起电话打到苏格兰场找杰普。

二十分钟后,我们站在一张桌子前,桌上摆放着一小堆乱七八糟的物品。这都是从死者口袋里找出来的东西。

有一块手帕、一把硬币、一个放有三英镑十先令纸币的钱包,两份账单,以及一张旧的玛格丽塔·克莱顿的快照。此外还有一把小折刀、一支金笔和一个笨重的木质工具盒。

波洛抓起最后这一件,拧开盒子。盒子一打开就掉出来几片小刀片。

"你瞧,黑斯廷斯,一把手钻,还有别的。啊!用这些要不了几分钟就能在箱子上钻出几个洞来。"

"就是我们看到的那几个洞?"

"完全正确。"

"你是说,这些洞是克莱顿自己钻出来的?"

"当然,没错,当然,就是这样!这些洞在你看来是做什么用的?肯定不是用来窥视的,因为洞是打在箱子后面。那么它们又是做什么用的呢?显然是为了通气吧?可是你不可能为一个死人钻通气孔,所以这显然不是凶手钻的孔。那么就只有一个用处,唯一可能的用处,就是有人要躲在箱子里。在这个假设的基础上,一切就变得很好理解了。克莱顿嫉妒他妻子和里奇的关系,他玩起了那个老掉牙的把戏,假装离开了。他看着里奇出去了,然后才进了屋,趁单独待在客厅里写字条的机会,很快钻了那几个孔,躲进箱子里。那天夜里他妻子要过来。里奇也许会把其他人打发走,可能其他人走的时候她会留下,也可能她会假装离开然后去而复返。不管怎么样,克莱顿都会知道的。任何结果都比他所忍受的那种猜忌的煎熬要来得好。"

"那你的意思是,里奇在其他人都走了以后才杀死了他?但是医生说那是不可能的。"

"完全正确,所以你瞧,黑斯廷斯,他一定是在那天夜晚被杀死的。"

"可当时所有人都在这个房间里!"

"一点儿没错。"波洛严肃地说,"你看到其中的绝妙之处了吧?'所有人都在这房间里'。这是什么样的不在场证明!多么冷血无情,多么从容不迫,多么胆大妄为!"

"我还是不明白。"

"是谁在屏风后面给留声机上发条、换唱片?请记住,留声机就在箱子旁边。其他人都在跳舞,留声机在播放歌曲。那个不跳舞的人打开了箱盖,把他刚刚藏在袖子里的小刀拿出来,深深地刺入藏在里面的那个人身上。"

"不可能!他会喊出来的。"

"如果他事先就被下药迷昏了呢?"

"下药迷昏?"

"是啊。七点三十分的时候,是谁跟克莱顿一起喝酒?啊!你瞧,是柯蒂斯!是柯蒂斯在克莱顿面前煽风点火,让他怀疑他的妻子和里奇。柯蒂斯提出这个建议,假装去苏格兰、藏在箱子里,最后就是移动屏风。那可不是为了让克莱顿可以打开箱盖、躲得轻松一点。不是的,而是为了让柯蒂斯自己可以在不被人发现的情况下打开箱盖。这都是柯蒂斯的计划。注意其中的巧妙之处,黑斯廷斯。就算里奇发现屏风位置不对,把它移了回去,那也不会有问题,他可以拟定另外的计划。克莱顿藏在箱子里,柯蒂斯给他服下的麻醉剂起作用了，他失去了意识。柯蒂斯打开箱盖，施以致命一击，而留声机还在播放《陪伴我的宝贝走路回家》。"

我听到自己的声音响起："可这是为什么？为什么呢？"

波洛耸耸肩。

"那个人为什么要开枪自杀？那两个意大利人为什么要决斗？柯蒂斯有一种阴暗而暴躁的气质。他想得到玛格丽塔·克莱顿。他以为只要除掉她的丈夫和里奇，她就会投入他的怀抱。"

他思索着补充道："这种单纯而孩子气的女人……她们是非常危险的。可是我的天！这是多么精妙的杰作啊！要绞死这样一个人，我的心里还真是舍不得。我自己也许是个天才，但是我也能发现其他天才。这是一次完美的谋杀，我的朋友。我，赫尔克里·波洛，要告诉你，这是一次完美的谋杀。绝顶聪明！"

后记

《巴格达箱子之谜》最初发表于一九三二年一月的《海滨杂志》，是收录于一九六〇年出版的《雪地上的女尸》中的中篇小说《西班牙箱子之谜》的最初版本。改编为中篇小说后，变成了第三人称，而且黑斯廷斯没有出场。

赫尔克里·波洛最早登场是在一九二〇年出版的《斯泰尔斯庄园奇案》。克里斯蒂当时正在托基的医院药房工作，她写出这一作品是为了回应其姐姐的挑战。直到五十五年后，波洛在一九七五年出版的《帷幕》中离开人世。这部作品出版于克里斯蒂本人逝世前不久。然而有一个神秘的问题始终没有得到解决：那就是波洛的年龄。虽然《帷幕》原文是写于出版前三十多年，但是根据其他的案子，我们必须把这个故事的发生时间定位在二十世纪七十年代早期，即他的"倒数第二件"案子，一九七二年出版的《旧罪的阴影》之后不久。《帷幕》中的波洛，看起来至少八十多岁，接近九十岁的样子。这就意味着他在《斯泰尔斯的神秘案件》时是三十出头。时间背景设定在一九一七年的《斯泰尔斯庄园奇案》里将波洛描述为"一个优雅、衣着华丽的小个子男人，非常无精打采……作为一个侦探他拥有非凡的才能，曾经成功地侦破过当时最棘手的一些案件"。此外，在波洛的第一个登场短篇小说，收录于一九七四年出版的《蒙面女人》短篇集中的《舞会谜案》中,还提到他"曾在比利时当过警长"。考虑到他"非常无精打采",波洛可能是因为健康原因退休的。然而在后来的众多案子里,健康问题并没有影响波洛的行动。可是,在斯泰尔斯庄园里和后来很多故事中出场过的詹姆斯·杰普探长,曾经回忆道,他和波洛早在一九〇四年就有过合作——阿伯克龙比伪造案——如果说《帷幕》一案时波洛是八十多岁,那他当时岂不是只有十几岁。

一九七五年九月,作家兼评论家H.R.F.基廷就《帷幕》的出版给出了一个可能的说法——波洛去世时实际上享年一百一十七岁。基廷还进一步暗示这位侦探可能还有其他不为人知的事情!

也许最终结论还是应该留给波洛的创作者。一九四八年,她在接受采访时,过早地评论道:"他活得太久了,我真的应该干掉他。可是我一直没有这样的机会,我的书迷们不会答应。"其实她在几年前就已经写完了《帷幕》,但这部作品却一直到将近三十年后才得以出版。

灯火阑珊　——

1

那辆福特小汽车跌跌撞撞地在车辙印里前行。非洲的烈日正无情地倾泻在大地上。在这条所谓的公路两旁，紧密排列着树木和灌木丛。放眼望去，只见那成行的树木像波浪一样高低起伏着，呈现出一片柔和的深黄绿色。一切都静得出奇，让人觉得倦怠。偶尔会传来一两声鸟叫，打破这沉睡中的寂静。有一条蛇曾经出现在车子前方，它盘踞在路的中央，敏捷地扭动着身子爬走了，逃脱了司机的魔爪。还有一个土著人，从灌木丛里走了出来，威风凛凛地站在那里。他的身后有一个女人，她宽阔的后背上背着一个婴儿，脑袋上稳稳地顶着他们几乎全部的家当，其中包括一个大煎锅。

乔治·克洛奇毫无遗漏地把这一切——指给他妻子看，可她每次都只是兴味索然地简单回应一声，这让他有点儿恼火。

"又在想那个家伙了。"他愤愤地猜测道。他私下里早就习惯了这么称呼迪尔德莉·克洛奇的前夫。他在战争爆发的第一年就阵亡了。在德军的炮火下，他就倒在西非的这片土地上。或许她会想他也很正常。他偷偷地瞥了她一眼，她很美丽，光滑的脸颊白里透红，身材丰满，应该是比那个时候丰满多了。那是很久以前，她被动地答应了他的请求，与他订婚了。可是后来，随着战争爆发所受到的惊吓,她却突然抛弃了他,同她的追求者之一、那个消瘦黝黑的蒂姆·纽金特举行了战时婚礼。

好了,好了,现在那个家伙已经死了,英勇地为国捐躯了。而他,乔治·克洛奇,也终于娶到了他一直想娶的姑娘。她还是很喜欢他的,看到他总是这样时刻准备着用金钱满足她的要求,她怎么可能会不喜欢他!他心满意足地想起了他最近献给她的一份礼物,那是在金伯利,他和当地戴比尔斯公司的几位董事颇有交情,因此买到了一块在市面上不可能以常规渠道觅得踪影的钻石。这块钻石不算很大,却是璀璨绝伦、色彩奇异,透出一种非常特别的深琥珀色,接近古铜色。这绝对是一块百年一遇的钻石珍品。当他献上这份礼物的时候,她的眼神可想而知!女人在面对钻石的时候反应都是一个样子。

为了避免被猛地抛出车外,乔治·克洛奇不得不回过神来,同时伸出双手握紧座位。他大概是第十四次爆发出这样的怒吼了。作为一个拥有两辆劳斯莱斯小汽车、习惯在文明社会的高速公路上奔驰的人,他发怒是情有可原的。"我的天啊,什么破车!什么破路!"他愤愤不平地继续道,"那个该死的烟草庄园到底在什么地方?我们从布拉瓦约出来已经一个多小时了!"

"我们迷失在罗得西亚了吧。"在两次不由自主地弹跳的间隙,迪尔德莉轻声地说。

然而,那个听到了他们控诉的咖啡色皮肤的司机,终于回应给他们一个令人高兴的好消息:他们的目的地就在前方那个弯道附近。

2

庄园的经理沃尔特斯先生正在门口企盼着他们的到来。他恭敬地迎接了他们，这得归功于乔治·克洛奇在联合烟草公司的显赫地位。他向他们引荐了他的儿媳，并让她带着迪尔德莉去安顿一下。她们穿过了凉爽阴暗的内厅，来到远端的卧房。迪尔德莉终于可以摘下面纱了，每次坐车出行她都要小心翼翼地遮上面纱以保护皮肤。像平常一样，她不疾不徐、姿态优雅地取下了那些别针。她扫视着这个刷着难看的白石灰的空空荡荡的房间。这里连一件奢侈品也没有，而迪尔德莉对于舒适生活的依赖就好像猫儿喜欢奶油一样。她不禁打了个寒战。她面前的墙上贴着一句话："人纵然赚得了全世界而赔上自己的灵魂，对他有什么益处？"这是对所有人的要求，可迪尔德莉却只是心安理得地觉得，这和自己没有什么关系。回头去找她那位羞怯、寡言的向导时，她的目光落在了对方那宽大的臀部，以及不合身的廉价棉布衣服上。不过她一点儿也没有恶意。她只是优雅地低垂双目，颇为欣赏地看了看自己身上的白色法国亚麻布衣裙。多么漂亮的一身衣服，尤其是穿在自己的身上，更让她感受到艺术家们常有的那种展示的喜悦。

两位男士正等待着她。

"去庄园里转转,您不会觉得很乏味吧,克洛奇太太?"

"不会的,我以前从来没有参观过烟草工厂。"

他们走进了罗得西亚那依然炙热的午后阳光下。

"这里都是幼苗,我们根据需求决定栽种的数量。您看——"

那个经理声音低沉,克洛奇会不时打断他,陆陆续续问他一些问题——关于产量、关于印花税、关于黑人劳工。她没有注意听。

这里就是罗得西亚,是蒂姆曾经深爱的地方,是他们俩在战争结束后一同结伴而来的地方。如果他没有死在战场该多好啊!每每想起这些,她的心里就会充满了难言的苦涩。短短的两个月就是他们的全部,短短两个月的幸福时光,如果那种苦与乐交织在一起的生活可以算得上是幸福。是否有了爱就意味着幸福?情人的心不是被一千种折磨所困扰着吗?在那段短暂的时光里她爱得很热切,然而,当时的她可曾体验过如今这种休闲、安逸、非常满足的生活?尽管很不情愿,她生平第一次承认,也许目前这样的生活才是最好的。

"我不会习惯住在这里的。也许我并不能让蒂姆感到幸福,我会让他失望。乔治很爱我,我也很喜欢他,他对我非常、非常好,看看他那天送我的钻石就知道了。"想到这里,她心满意足地微微垂下了眼帘。

"我们在这里把烟叶用线穿起来。"沃尔特斯先生把他们领进了一个低矮狭长的工棚,地板上铺着大量的绿色烟叶。那些穿着白色制服的黑人男孩都蹲着身子围在旁边,熟练地挑拣着,按照烟叶的大小将它们分类,用一根根相当简陋的针将它们串在长长的线上。他们怡然自得地工作着,互相开着玩笑,大笑时露出他们雪白的牙齿。

"好了,请到外面来——"

他们穿过工棚,再次来到阳光下,只见烟叶都被一排排地挂起来暴晒。迪尔德莉微微吸气,闻到了一丝淡淡的、几乎难以察觉的香气。

沃尔特斯又带着他们走进另一个工棚。经过了烈日的洗礼,这里的烟叶都已经微微泛黄,静静地等候着接受下一步的处置。这里很阴凉,褐色的烟叶被挂在一起,等待着被处理成粉末。在这里,那种香气更加强烈了。也许是太强烈了,迪尔德莉在这阴暗的角落突然感到一阵恐惧,非常莫名的恐惧。她赶紧逃离了这个危险的、香气弥漫的地方,重新回到阳光下。克洛奇注意到她苍白的脸色。

"怎么了,亲爱的,你不舒服吗?可能是太晒了,你最好别跟我们到种植园去了,好吗?"

沃尔特斯先生非常关心,克洛奇太太最好回屋去休息一下。他喊来了稍远处的一位男士。

"这位是阿尔丁先生——这是克洛奇太太。克洛奇太太有点儿热坏了,阿尔丁,请带她回屋好吗?"

一瞬间的头晕目眩已经消失了,迪尔德莉与阿尔丁并肩而行,她还没有抬头看过他一眼。

"迪尔德莉!"

她的心脏猛然一动,急忙停下了脚步。只有一个人会这样喊她的名字,重音落在第一个字节,言语间充满怜爱。

她转向她身边的这个男人,盯着他看。他的皮肤已经被烈日晒得黝黑,一条腿是瘸的,面对她的那一侧下巴上还有一道长长的刀疤,改变了他的容颜,可是她依然认得他!

"蒂姆!"

仿佛过了好久好久，他们俩互相对视着，颤抖着说不出话来。然后就浑然忘我地拥抱在一起，时光倒转，似乎从来没有在他们之间流逝过。当他们俩再次分开之后，迪尔德莉忍不住问了他一个连她自己都觉得很蠢的问题。

"原来你没有死？"

"没有，他们把我跟另一个家伙搞混了。我的头部受到了重创，可是我醒过来了，设法爬进了灌木丛里。后来的几个月里发生了什么我一无所知，只知道有一个友好的部落收留了我。终于有一天，我的神志恢复了，我设法重新回到了文明社会。"他停顿了下，"结果我发现你已经结婚六个月了。"

迪尔德莉大喊道："哦，蒂姆，请理解我，求求你！太可怕了，那种孤独——还有那种穷困潦倒。有你在身边的时候，我不在乎我们有多么穷苦，可是当我只剩下自己孤单一个人的时候，我就会无力面对那种凄惨的生活。"

"这没什么，迪尔德莉，我能理解。我知道你一直希望能过上锦衣玉食的生活，我曾经带着你远离了那种生活——可是第二次，好吧——我失去了勇气。我伤得太重了，你看得出来，现在的我离了拐杖几乎寸步难行，还有脸上的这道伤疤。"

她激动地打断了他。

"你觉得我会在乎这些吗？"

"不，我知道你不会在乎。我太傻了，你知道，有些女人会在乎的。我下定决心要想方设法看你一眼，如果你看上去很幸福，如果我看到你和克洛奇在一起生活得心满意足——那么，我就不必再活过来了。后来我真的看见了你，你正要坐进一辆很宽敞的小汽车，穿着一身非常漂亮的黑貂皮衣服——那是我赔上自己的性命也不可能买来送给你的东西。而且——好吧，你看上去很幸福。我不再拥有从前的力气和勇气了，战争之前的自信心也消失殆尽。放眼望去，我知道自己只是一个支离破碎、毫无用处之人，几乎不可能有什么能力养活你。而你，迪尔德莉，却是那么美丽，美女中的女王。你配得上那些貂皮大衣、金银珠宝和漂亮衣服，还有克洛奇可以为你准备的其他一百零一件奢华的东西。这一点——以及，呃，那种心痛，那种看到你们俩走在一起的心痛，都坚定了我的决心。每个人都认为我已经死了，那就让我继续死掉吧。"

"那种心痛！"迪尔德莉低声重复着。

"哦，真该死，迪尔德莉，我真的很痛！我不是在责怪你。我不怪你，可是真的很痛。"

他们俩都静静地保持沉默。然后蒂姆抬起了她的脸，以从未有过的柔情亲吻了她。

"不过现在一切已经都结束了，宝贝。我们现在该做的，就是把这一切都去告诉克洛奇。"

"哦！"她猛然挣开了他的拥吻，"我还没想好——"就在这时，克洛奇和那个经理出现在小路远端的转角处。她不再说下去，迅速地转头低声说道："现在什么也不要做，让我自己来应付吧，让他有点儿思想准备。明天，我们可以在哪里见面？"

纽金特想了想。

"我可以去布拉瓦约，就在标准银行附近的那家咖啡厅好吗？下午三点左右那里会很清净。"

迪尔德莉微微地点头表示同意，然后转身背对着他，重新回到那两位男士的身旁。蒂姆·纽金特微微皱起眉头，目送着她远去，她的态度让他感到有些迷茫。

3

迪尔德莉在回家的路上一言不发。用"轻微中暑"这个幌子作掩护，她要好好盘算一下接下来该怎么做。她该怎么对丈夫说呢？他会接受这个事实吗？一种异样的疲惫感占据了她。她越来越倾向于将难题就这么拖下去，拖得越久越好。明天再说也来得及，下午三点之前还有充裕的时间。

这家宾馆并不舒适，他们的房间在一楼，窗外是一个中庭。夜里，迪尔德莉站在房间里，呼吸着陈腐的空气，睨视着庸俗的家具，她的思绪早已飞向萨里松木林里豪华舒适的蒙克顿宫殿。好不容易等到她的女仆走开了，她慢慢地走向她的首饰盒，那颗金黄色的钻石在她的手心里闪耀着光芒，仿佛回应着她的凝视。

她突然重重地把钻石放回盒子里，砰的一声关上了盒盖。明天上午她会告诉乔治。

这一晚她睡得很不好，厚重的蚊帐里非常憋闷，黑暗中还总是时不时地传来几声乒乒乓乓的声音，让她感到恐惧。她面色苍白、无精打采地起床了，还那么早，怎么能这时候去说这种事呢！

她整个上午都躺在一个小房间的床上休息。午餐时间的到来让她感到害怕。喝咖啡的时候，乔治·克洛奇提议坐车去马托博。

"如果现在出发，有充足的时间。"

迪尔德莉摇了摇头，推说有些头疼。她心想："还是先搁置着不要说了吧，我不能太操之过急，说到底，差一两天又有什么关系呢？我会跟蒂姆解释的。"

迪尔德莉挥手与克洛奇告别，他坐着那辆发出格格声响的破旧福特车出发了。然后她看了看表，缓步走到了约定的地点。

此时的咖啡店里空无一人。他们俩坐在一张小桌前，点了那种在南非无论早晚都必喝的茶水。直到女服务员端来茶水，退回了那粉红色的门帘后面，他们俩才开口说话。迪尔德莉抬起头，与他那带有强烈警惕性的眼神相对。

"迪尔德莉，你告诉他了吗？"

她摇了摇头，舔了舔嘴唇，想说话却不知该说些什么。

"为什么？"

"我没有找到机会，没有合适的时间开口。"

这些话连她自己都觉得太假了，一点儿都不可信。

"不是那么回事，还有别的原因。我昨天就有所怀疑，今天我更确定了。迪尔德莉，到底是为什么？"

她默默地摇了摇头。

"一定有什么原因，让你不想离开乔治·克洛奇。为什么你不想回到我的身边？为什么？"

他的猜测是对的。当他说她自己知道原因时，她感到羞愧万分。但是毫无疑问，她确实知道。他的目光还在探寻着她。

"肯定不是因为你爱他！你并不爱他，一定有别的原因让你这么做。"

她心想："他过一会儿就会看出来了！哦，上帝啊，别让他看出来！"

突然间，他的脸变得惨白。

"迪尔德莉——难道——是因为你怀上了他的孩子？"

在那一瞬间，她看到了他伸手递给她的救命稻草，一个绝妙的理由！她缓缓地、几乎是不由自主地低下了头。

她听到了他急促的呼吸声，然后是他高亢且不自然的说话声。

"这样——就完全不一样了。我不知道。我们必须另想办法。"他俯身在桌上，抓住了她的双手，"迪尔德莉，亲爱的，千万不要认为——做梦也不要想到你应该受到任何责备。不管发生了什么，你都要记住这一点。我回英国的时候就应该夺回你，可是我退却了，所以现在这个难题应该留给我自己来解决。你明白吗？不管发生了什么，不要烦恼，亲爱的，你没有任何错。"

他把她的一只手抬到唇边，又抬起了另一只。然后就只剩下她一个人，独自凝视着桌上没有动过的茶水。奇怪的是，她只看见一样东西——挂在那面白色石灰墙上华而不实的警句。这些字句仿佛要跳出来投向她似的："人纵然赚得了全世界——"

她起身付了茶钱，便离开了。

当乔治·克洛奇回来的时候，被告知他的妻子不想被打扰。女仆说，她的头疼非常厉害。

第二天上午九点，他走进了她的卧室，表情相当严肃。迪尔德莉正坐在床上，面色苍白憔悴，但眼睛却炯炯有神。

"乔治，我要告诉你一些事情，一些非常可怕的事情——"

他贸然地打断了她。

"原来你已经听说了，我还怕你听了会难过呢。"

"难过？"

"是啊，你那天还跟这个可怜的年轻人说过话呢。"

他看到她用手按住了胸前,眼睛闪动着,然后她那低沉、短促的语气让他一惊。

"我什么也没有听说,你快告诉我。"

"我以为——"

"告诉我!"

"就在烟草庄园里,那个家伙举枪自尽了。他在战争中受过重伤,我想他的神经崩溃了,没有什么别的理由可以解释。"

"举枪自尽——在那个光线阴暗、挂着已经晒好的烟草的工棚里。"她非常肯定地说。就像一个梦游者一样,她看到了弥漫着香气的黑暗中躺着的那个身影,他的手里拿着一把手枪。

"嗯,没错,就是那天让你觉得不舒服的地方,多奇怪啊!"

迪尔德莉没有答话,她又看到了另一幅画面——在一张茶桌前,一个女人低下头,默认了一个谎言。

"好吧,好吧,战争要为很多事情负责。"克洛奇一边说,一边伸手拿起一根火柴,点燃了手里的烟斗,小心翼翼地吸了两口。

他妻子的呼叫声让他惊愕不已。

"哦,不要!我受不了这种气味!"

他在惊讶中温和地看着她。

"哦,我亲爱的姑娘,你不必紧张。烟草的气味,你无论如何是躲不开的,它无处不在。"

"是啊,无处不在!"她的脸上慢慢地呈现出扭曲的笑容,喃喃自语着,连他都没有听见。那是她当年为蒂姆·纽金特去世选择的悼词:"在灯火阑珊之际,记住那曾经的光明;当黑暗降临,就不会忘记。"

她瞪大了双眼,望着那盘旋上升的烟雾,呆呆地低声重复着:"无处不在,无处不在。"

后记

《灯火阑珊》最初发表于一九二四年四月的《小说杂志》上。对于熟悉阿尔弗雷德·丁尼生爵士作品的读者来说，对阿尔丁的真实身份不会感到惊讶。

丁尼生与叶芝、T.S.艾略特并列为克里斯蒂最喜爱的诗人。他的诗作《伊诺克·阿登》也为一九四八年出版的波洛系列作品《致命遗产》提供了灵感。《灯火阑珊》中的情节后来被搬到一九三〇年出版的《撒旦的情歌》中，借以增加感染力。这是克里斯蒂以笔名玛丽·韦斯特马考特发表的六部长篇小说中的第一部。尽管很多读者认为这些作品不如她的侦探小说那么富有吸引力，但是这些韦斯特马考特系列小说为克里斯蒂本人生活中的一些真实事件提供了注脚，在某种程度上与其自传相类似。总之，它们成为克里斯蒂逃离侦探小说世界的一种重要方式，只是让出版商们相当沮丧。这是可以理解的，他们对于任何让她分心于侦探小说创作的事情都不感兴趣。这六本书中最有趣、最为切题的是一九三四出版的《未完成的肖像》。克里斯蒂的第二任丈夫、考古学家马克斯·马洛温说这本书是"真实的人物和事件与虚构成分的融合交错……比任何其他作品更接近阿加莎实际的肖像"。

她本人最喜欢的是第三部韦斯特马考特小说，出版于一九四四年的《幸福假面》。她在自传中称之为"一部让我十分满意的作品……我只用了三天写完这本书"。她自评道"我是怀着坦诚和真挚写这部作品的,它忠实于我的写作初衷,这是一个作者最引以为傲的乐趣"。

While the Light Lasts
Copyright © 1997 Agatha Christie Limited. All rights reserved.
© 2013 Letter for Chinese Reader, New Star Edition by Mathew Prichard.
www.agathachristie.com
AGATHA CHRISTIE, POIROT, *Agatha Christie*® and the AC Monogram Logo are registered trade marks of Agatha Christie Limited in the UK and/or elsewhere. All rights reserved.
Published by agreement with ACL.
Simplified Chinese edition copyright: 2022 New Star Press Co., Ltd.

图书在版编目（CIP）数据

灯火阑珊／（英）阿加莎·克里斯蒂著；王霖译．－－2 版．－－北京：新星出版社，2022.10

ISBN 978-7-5133-3832-5

Ⅰ.①灯… Ⅱ.①阿… ②王… Ⅲ.①短篇小说-小说集-英国-现代 Ⅳ.① I561.45

中国版本图书馆 CIP 数据核字（2022）第 090204 号

午夜文库
谢刚 主持

灯火阑珊

[英]阿加莎·克里斯蒂 著；王霖 译

责任编辑：王　欢	统筹编辑：王　欢
责任校对：刘　义	责任印制：李珊珊
封面插图：宣　和	装帧设计：周伟伟

出版发行：新星出版社
出 版 人：马汝军
社　　址：北京市西城区车公庄大街丙3号楼　100044
网　　址：www.newstarpress.com
电　　话：010-88310888
传　　真：010-65270449
法律顾问：北京市岳成律师事务所

读者服务：010-88310811　service@newstarpress.com
邮购地址：北京市西城区车公庄大街丙 3 号楼　100044

印　　刷：三河兴达印务有限公司
开　　本：910mm×1230mm　1/32
印　　张：7.75
字　　数：161千字
版　　次：2022年10月第二版　2022年10月第一次印刷
书　　号：ISBN 978-7-5133-3832-5
定　　价：42.00元

版权专有，侵权必究。如有质量问题，请与出版社联系调换。